Jia Jingpin Yuedu

名家精品阅读

沈从文 小说

主编 李晓明／简析 易秀梅 李 丽

沈从文◎著

吉林出版集团／吉林文史出版社

一套批注式阅读的好书

李晓明

　　批注式阅读是我国传统的阅读方式之一。有些读者喜欢读书时在文中空白处写下自己独到的见解和感受，留下阅读时思考的痕迹，这样的阅读就是批注式阅读。

　　我国从古代开始就风行批注式阅读。俗称"春秋三传"的《左氏春秋传》、《春秋公羊传》、《春秋谷梁传》因对《春秋》的出色批注而出名，这三本批注式读本的出现，为《春秋》的广泛传播起了推波助澜的作用。汉魏时期，郦道元也因批注《水经》，而使他写的《水经注》名誉天下。东晋时期史学家裴松之批注的《三国志》，在查阅大量史料的基础上，以超过原文三倍的批注内容丰富了原书，使许多失载的史实得以保存。明清以来，小说盛行，批注之风日盛。如金圣叹批注《水浒传》，毛氏父子批注《三国演义》，张竹坡批注《金瓶梅》，脂砚斋批注《红楼梦》。这些优秀的批注笔记随同原著一起刊出，风行一时，成为其他读者再次阅读时的可贵借鉴，也成为文化界交流的重要方式之一。

　　近现代以来，批注式阅读仍然是伟人和有思想的文人读书的重要方式之一。毛泽东就有不动笔墨不读书的习惯。《毛泽东点评二十四史》对中国历史的研究和独到见解为世人所叹服。鲁迅先生也提出读书要眼到、口到、心到、手到、脑到。

　　国外的很多文学家和伟人也有批注式阅读的习惯。如列宁的《哲学笔记》就是由他读书时的批注和笔记汇编而成的马克思主义哲学的经典著作。

批注式阅读不应该只是文学家、史学家、哲学家的专利，它完全可以被普通的读者所掌握，成为一种值得提倡的阅读方式。当前，在中学广泛使用批注式阅读方式培养学生读书能力的，当首推东北师范大学附属中学。他们的具体做法是：全班同学同时阅读同一本书，每个人都在书旁的空白处写下自己的"书间笔痕"，在篇末写下"篇后悟语"。然后在全班的读书报告会上交流自己的感悟，写得最好的感悟文字作为全班的阅读心得在年级进行交流，再选出最好的感悟文字集结成书。东北师大附中在进行"语文教育民族化"的教改实验中，把批注式阅读的成果汇编成《启迪灵性的语文学习方式孙立权"批注式阅读"教例》，成为各校开展批注式阅读的范例。

批注式阅读的好处是显而易见的。

首先，批注式阅读培养了读者的思维能力。与一般的读书不同，批注式阅读强调读者对读物的思考和独到的见解。大师们写下了自己的作品，有了自己的话语权。作为读者的我们，也不能丧失自己的话语权，不能只是被动地阅读别人的作品。批注式阅读提倡读书时发表个人的独到见解，即所谓"一千个读者就有一千个哈姆雷特"。鲁迅先生在《读书杂谈》中提倡读书时"仍要自己思索，自己观察。倘只看书，便变成书橱"，诺贝尔文学奖获得者萧伯纳和德国哲学家叔本华也都告诫过读者，如果读书时只能看到别人的思想艺术，不用自己的头脑思索的话，实际上是把自己的脑子让给别人做跑马场。孔子曰"学而不思则罔"，讲的也是同样的道理。如果不想把自己变成只会吸收别人思想的书橱，或者让自己的头脑完全变成别人的跑马场，那么，就学习一下批注式阅读吧。

其次，批注式阅读培养了读者的写作能力。因为批注式阅读是一种不动笔墨不读书的阅读方法，它直接培养了读者的写作能力。尤其是每篇作品后面的"篇后悟语"，简直就是一篇完整的评论文章。读书时常常动笔把自己的点滴体会记录下来，坚持这样做，一定会在写作能力的培养上有巨大的收获。

再次，批注式阅读促使读者自觉扩大阅读的广度。在东北师大附中的批注式阅读教改实验中发现，同学们为了提高自己的批注水平，常常出现"以文解文"、"以诗解诗"的情况。即阅读一篇文章或一首诗时，引用同类作品进行解读，批注效果往往令人拍案称奇。在批注王维的《辋川闲居赠裴秀才迪》的"倚杖柴门外，临风听暮蝉"一句时，就有两名同学分别写到："颔联与王籍《入若耶溪》中'蝉噪林逾静，鸟鸣山更幽'有异曲同工之妙：用声响来反衬所在环境的静雅清幽。""这是'居高声播远，因是藉秋风'，与虞世南的'居高声自远，非是藉秋风'不同。"同学们为了写出自己的独到见解，查阅更多的同类作品，不仅提高了自己的批注水平，也扩大了知识面。

最后，批注式阅读为读者间的交流提供了平台。一般认为，读书只是个人的活动，与他人无关。但批注式阅读不同，它可以把批注的成果提供给别人，成为大家交流思想和见解的平台。像脂砚斋批注的《红楼梦》、金圣叹批注的《水浒传》等，对后世读者的启迪作用是有目共睹的。即使在中学生中进行的批注式阅读，也在全班、全年级乃至更大的范围内，提供了大家交流思想、发表不同见解的平台，这种同龄人之间的读书心得交流，是非常有益的。

我们出版的这套"名家精品阅读"与同类读物不同，它不仅向读者提供了优秀的文学作品，同时在每一页给读者留下了写批注式阅读心得的空间，使读者可以很方便地、随时写下自己的读书心得。如果几十年后，拿出本书看一看，你会惊喜地看到自己当年心灵成长的轨迹。

我们在每本书的前面精选了一篇作家的代表作进行批注式阅读，给大家提供一个样本。读者们也可以根据自己的喜好，从不同的角度进行批注。相信读者们一定会写出比范文更优秀的读书心得，让阅读成为一件非常快乐的事情。

2011 年 9 月于东北师范大学文学院

站在乡村与城市的交会处 ✏

高长春

　　凤凰一直被中华民族视为祥瑞的象征。在湖南、四川、贵州三省交界的地方，有一座以凤凰为名的小城，它就是被青山绿水环抱的凤凰城。凤凰城所处的湘西地区是苗、土家、汉等民族杂居的地方。

　　1902 年 12 月 28 日凌晨，凤凰城的沈家诞生了一个小男孩，这就是后来在中国文坛乃至世界文坛上产生了巨大影响的沈从文。

　　沈家在当地是名门望族。沈从文的祖父曾做过清政府的提督。沈从文的父亲是过继到大伯家的养子，沈从文的嫡亲祖母是一个苗族女子，所以沈从文的身上流淌着苗汉两族人民的血。沈从文的父亲背叛了清朝，直接参与了推翻清朝政府的武装起义，曾因谋刺袁世凯未遂而被迫亡命，这直接导致了后来沈家的彻底破产。沈从文的母亲出身书香门第，外祖父黄河清曾是当地最早的贡生，在这个开明的知识分子家庭里，沈从文的母亲从小就能认字读书，还懂得医方，会照相技术，这在当时封闭的湘西地区，都是了不起的事情。

　　沈从文小的时候，父亲经常不在家，虽然母亲很机智、有主见，但缺少父亲管束的沈从文还是像野马一样度过了他的孩童时代。母亲在他上小学之前就已经教他认识了很多字，入小学之后，学校枯燥的学习内容和严厉的惩罚措施扼杀了沈从文读书的兴趣。凤凰城里各式各样的铺子，官府杀人的场面，经常发生的苗、汉之间的械斗，城外山水相依的美丽的自然景观都深深吸引着沈从文。他开始不断地逃学，四处游荡，去欣赏社会生活这部"大书"。1917年，15岁的沈从文小学毕业了，这是他的最后学历。谁也不曾想到，就是凭着这个小学毕业的学历，沈从文20岁离开了湘西，从边城走向北京，走向世界，成为著名作家、著名编辑、北京大学教授、历史研究学者，成为飞出凤凰城的传奇式人物。

沈从文只在湘西的辰河、沅水流域待了二十年，度过了他的青少年时代，后来便辗转于北京、上海、青岛、昆明等大城市，在那里生活了六十多年，但他一直称自己为"乡下人"。沈从文对自己的定位，一方面是因为童年时代的生活经历成为沈从文生命的底色，乡下人淳朴、善良、憨厚的品格铸就了沈从文一辈子都褪不下去的生命本色。另一方面，表明了他对城里人的人生目标、思维习惯、生活方式等等，始终不能认同。同时，"乡下人"的含义还暗指自己是少数民族，是长期受汉族欺压的苗裔后代，在沈从文的作品中，能明显地感受到他对本民族文化传统的那种极强的依恋之情。

站在乡村与城市交会处的沈从文，对生命的价值取向也直接影响到他的小说创作。在沈从文的笔下，既有大量的对湘西地区风土人情的描写，也有很多关于城市生活的刻画。纵观沈从文的所有创作，不难发现在描写湘西的作品中，沈从文是饱蘸着爱的笔墨来写的。相反，在描写城里人生活的作品中，尤其是描写城里上流社会生活时，更多的是揭露他们生活的荒谬。虽然在大城市中生活了六十多年，沈从文的灵魂一直不曾被所谓的现代文明所污染，他的价值取向始终定位在故乡传统道德的土壤中。

沈从文小说的代表作是中篇小说《边城》，它以撑渡船的翠翠祖孙二人的生活为线索，在充满诗情画意的描写中，展示了湘西的风土人情，是一幅美丽而略带忧伤的乡村风俗画。因为篇幅所限，本书没有收录这篇小说，只收录了其他湘西系列的短篇小说。

沈从文所生活的湘西，当时充满了激烈的民族矛盾。辛亥革命、五四运动的冲击波给当地带来的是一轮又一轮对少数民族的血腥屠杀以及苗人对汉族统治者的拼死反抗。沈从文的父亲就是苗民起义的暗中组织者和筹划者之一。起义失败后，大批无辜的乡下苗民被捉到城里来，每天有一百个左右被杀掉，这种屠杀持续了一个月，无数肮脏血污的人头堆放在道尹衙门口。沈从文小学毕业后，到地方部队中讨生活。在大约五年多的时间里，他随军队辗转流徙于湘、川、黔交界处长达千里的沅水流域，在所谓的"清乡剿匪"中，沈从文再一次耳闻目睹军队大批滥杀无辜的恶行。这些生命的记忆，后来便化作《黔小景》、《静》、《黄昏》等小说。

　　虽然湘西当时的政治是血腥的，湘西的生活是悲怆的，但沈从文始终认为湘西的人民是可爱的，湘西的山水是可爱的。所以在沈从文笔下，有大量反映湘西下层民众原始人性的作品。船工、妓女、猎户、小商人是沈从文小说中经常出现的人物，"这里是一群会寻快乐的正直善良乡下人，有捕鱼的，打猎的，有船上水手和编制竹缆工人。……这些人每到大端阳时节，都得下河去玩一整天的龙船。平常日子特别是隆冬严寒天气，却在这个地方，按照一种分定，很简单地把日子过下去。每日看过往船只摇橹扬帆来去，看落日同水鸟。虽然也同样有人事上的得失，到恩怨纠纷成一团时，就陆续发生庆贺或仇杀。然而从整个说来，这些人生活却仿佛同'自然'已相融合，很从容的各在那里尽其性命之理，与其他无生命物质一样，唯在日月升降寒暑交替中放射，分解"。《柏子》、《丈夫》、《雪晴》、《阿金》、《夫妇》大体上都属于这类描写社会底层小人物的作品。

　　沈从文的身体内流淌着苗族的血液。苗族是富于幻想的民族，他们创造了绚烂夺目的神话世界。因此，虽然目睹了中国历史上最黑暗的统治，目睹了大量苗民被杀，但沈从文没有悲观，他的作品中仍然不乏大量的神话故事，这种田园牧歌式的神话世界，是湘西地区原始人性的延伸，也是沈从文憧憬的理想社会。《龙朱》、《一个农夫的故事》、《慷慨的王子》都属于这类作品。

本书中入选的反映城市生活的作品不多。《虎雏》写一个十三四岁的小勤务兵最终未能被城市的"文明"所同化，跃动在血管中的原始的野性终于使他在上海杀了人，他的出路只能是回到把人的灵魂磨砺得野蛮粗糙的原来的世界中。《如蕤》写一个摩登女性的恋爱悲剧。《生》写一名无力为儿子复仇的老父亲流落北京街头，只能在傀儡戏中，把假想的仇人踢上几脚，这是儿子死后十年唯一能够支撑老人活下去的精神力量。

　　沈从文是从边城走向世界的"乡下人"，尽管他的一生充满了坎坷，但因为他的作品，使中国人了解了湘西，使全世界了解了湘西。所以，读者们感谢这只从深山里飞出的凤凰，所有被沈从文的作品迷倒的读者都会发自内心地说一句："谢谢你，沈从文！"

目 录
contents

批注式阅读范例

虎　雏（节选）

我那个做军官的六弟上年到上海时，带来了一个小小勤务兵，见面之下就同我十分谈得来，因为我从他口上打听出了多少事情，全是我想明白终无法可以明白的。（1）六弟到南京去接洽事情时，就把他暂时丢在我的住处，这小兵使我十分中意。我到外边去玩玩时，也常常带他一起去，人家不知道的，都以为这就是我的弟弟，有些人还说他很像我的样子。我不拘把他带到什么地方去，见到的人总觉得这小兵不坏。其实这小孩真是体面得出众的。（一副微黑的长长的脸孔，一条直直的鼻子，一对秀气中含威风的眉毛，两个大而灵活的眼睛，都生得非常合式，比我六弟品貌还出色。）（2）

这小兵乖巧得很，气派又极伟大，他还认识一些字，能够看《三国演义》。（3）我的六弟到南京把事办完要回湖南军队里去销差时，我就带开玩笑似的说：

"军官，咱们俩商量一下，打个交道，把你这个年轻人留下给我，我来培养他，他会成就一些事业。你瞧他那样子，是还值得好好儿来料理一下的！"

六弟先不大明白我的意思，就说我不应当用一个

批注空间

（1）"我"喜欢小兵的原因之一就是他让"我"茅塞顿开。

（2）对小兵外貌的细节描写，刻画了一个经过军队磨炼，性格倔强，却不失机灵的小兵形象。

（3）小兵外表俊美，并会认字读书，是迷惑"我"的致命原因。

副兵，因为多一个人就多一种累赘。并且他知道我脾气不大好，今天欢喜的自然很有趣味，明天遇到不高兴时，送这小子回湘可不容易。

他不知道我意思是要留他的副兵在上海读书的，所以说我不应当多一个累赘。

我说："我不配用一个副兵，是不是？我不是要他穿军服，我又不是军官，用不着这排场！我要他穿的是学校的制服，使他读点书。"我还说及"倘若机会使这小子傍到一个好学堂，我敢断定他将来的成就比我们弟兄高明。我以为我所估计的绝不会有什么差错，因为这小兵决不会永远做小兵的。可是我又见过许多人，机会只许他当一个兵，他就一辈子当兵，也无法翻身。如今我意思就在另外给这小兵一种不同机会，使他在一个好运气里，得到他适当的发展。我认为我是这小兵的温室"。(4)

（4）以哥哥对弟弟稍显强硬的口吻，想在小兵身上强加"机会"。可以看出"我"是一个主观意识很强的人。

我的六弟听到了我这种书生意见，觉得十分好笑，大声的笑着。

"那你简直在毁他！"他很认真的样子说，"你以为那是培养他，其中还有你一番好意值得感谢。你以为他读十年书就可以成一个名人，这真是做梦！你一定问过他了，他当然答应你说这是很好的。这个人不止是外表可以使你满意，他的另外一方面做人处，也自然可以逗你欢喜。可是你试当真把他关到一个什么学校里去看看，你就可以明白一个做了三年勤务兵在我们那个野蛮地方长大的人，是不是还可以读书了。(5)你这时告诉他读书是一件好事，同时你又引他去见那些大学教授以及那些名人，你口上即不说这是读书的结果，他仍然知道这些人因为读了点书才那么舒服尊贵的。我听到他告我，你把他带到那些绅士的家中去，坐在软椅上，大家很亲热和气的谈着话，又到学校去，看看那些大学生，走路昂昂作态，仿佛家养的公鸡，穿的衣服又有各种样子，他乍一看自然也很

（5）"蓬生麻中，不扶而直"，环境造就了人的性格。六弟认为小兵是"江山易改，本性难移"。

羡慕，但是他正像你看军人一样。就只看到表面。你不是常常还说想去当兵吗？好，你何妨再去试试。我介绍你到一个队伍里去试试，看看我们的生活，是不是如你所想象的美，以及旁人所说及的坏。你欢喜谈到，你去详细生活一阵好了。等你到了那里拖一月两月，你才明白我们现在的队伍，是些什么生活。平常人用自己物质爱憎与自己道德观念作标准，批评到与他们生活完全不同的军人，没有一个人说得对。(6)你是退伍的人，可是十年来什么也变了，如今再去看看，你就不会再写那种从容放荡的军人生活回忆了。战争使人类的灵魂野蛮粗糙，(7)你能说这句话却并不懂它的真实意思。"

　　我原来同我六弟说的，是把他的小兵留下来读书的事，谁知平时说话不多的他，就有了那么多空话可说。他的话中意思，有笑我是十足书生的神气。我因为那时正很有一点自信，以为环境可以变更任何人性，且有点觉得六弟的话近于武断了。我问他当了兵的人就不适宜于进一个学校去的理由，是些什么事，有些什么例子。

　　六弟说："二哥，我知道你话里意思有你自己。你正在想用你自己作辩护，以为一个兵士并不较之一个学生为更无希望。因为你是一个兵士。你莫多心，我不是想取笑你，你不是很有些地方觉得出众吗？也不只是你自己觉得如此，你自己或许还明白你不会做一个好军人，也不会成一个好艺术家。(你自己还承认过不能做一个好公民，你原是很有自知之明！)人家不知道你时，人家却异口同声称赞过你！你在这情形下虽没有什么得意，(可是你却有了一种不甚正确的见解，以为一个兵士同一个平常人有同样的灵魂这一件事情。我要纠正这个，你这是完全错误了的。平常人除了读过几本书学得一些礼貌和虚伪世故外，什么也不会明白，他当然不会理解这类事情。但是你不应当

　　(6)眼睛看到的不一定是真实的，"实践是检验真理的唯一标准"，只有躬行实践，才有发言权。

　　(7)战争是血与火的考验，使人没有注意到那些所谓的繁文缛节，在面对生死时，人类往往会展现出最野蛮、最凶狠、最粗鲁的一面。

3

那么糊涂。这完全是两种世界两种阶级，把他牵强混合起来，并不是一个公平的道理！你只会做梦，打算一篇文章如何下手，却不能估计一件事情。") (8)

"你不要说我什么，我不承认的。"我自然得分辩，不能为一个军官说输。"我过去同你说到过了，我在你们生活里，不按到一个地方好好儿的习惯，好好儿的当一个下级军官，慢慢地再图上进，已经算是落伍了的军人。再到后来，逃到另外一个方向上来，又仍然不能服从规矩和目下的社会习俗谋妥协，现在成了个不文不武的人，自然还是落伍。我自己失败，我明白是我的性格所形成，我有一个诗人的气质，却是一个军人的派头，所以到军队人家嫌我懦弱，好胡思乱想，想那些远处，打算那些空事情，分析那些同我在一处的人的性情：同他们身份不合。到读书人里头，人家又嫌我粗率，做事马虎，行为简单得怕人，与他们身份仍然不合。在两方面都得不到好处，因此毫无长进，对生活且觉得毫无意义。(9) 这是因为我的体质方面的弱点，那当然是毫无办法的。至于这小副兵，我倒不相信他依然像我这样子悲剧性。"

"你不希望他像你，你以为他可以像谁？还有，就是他当然也不会像你。他若当真同你一样，是一个只会做梦不求实际只会想象不要生活的人，他这时跟了我回去，机会只许他当兵，他将来还自然会做一个诗人。因为一个人的气质虽由于环境造成，他还是将因为另外一种气质反抗他的环境，可以另外走出一条道路。若是他自己不觉到要读书，正如其他人一样，许多人从大学校出来，还是做不出什么事业来。"(10)

"我不同你说这种道理，我只觉得与其把这小子当兵，不如拿来读书。他是家中舍弃了的人，把他留在这里，送到我们熟人办的那个××中学校去，又不花钱，又不费事，这事何乐不为。"

我的六弟好像就无话可说了，问我××中学要几

（8）完全否定了城市文明，提出了所谓文明不外乎虚伪世故。在六弟看来，"百无一用是书生"。

（9）人要学会随遇而安，否则将一事无成。

（10）"知之者不如好之者，好之者不如乐之者。"兴趣是最好的老师，对人的个性形成和发展起着巨大作用。

年毕业。我说，还不是同别的中学一个样子，六年就可以毕业吗？六弟又笑了，摇着那个有军人风的脑袋。

"六年毕业，你们看来很短，是不是？因为你说你写小说至少也要写十年才有希望，你们看日子都是这样随便，这一点就证明你不是军人。若是军人，他将只能说六个月的。六年的时间，你不过使这小子从一个平常中学卒业，出了学校找一个小事做，还得熟人来介绍，到书铺去当校对，资格还发生问题。可是在我们那边，你知道六年的时间，会使世界变成什么样子？一个学生在六年内还只有到大学的资格，一个兵士在六年内却可以升到营连长。两件事比较起来，相差得可太远了。生长在上海，家里父兄靠了外国商人供养，做一点小小事情，慢慢的向上爬去，十年八年因为业务上谨慎，得到了外国资本家的信托，把生活举起，机会一来就可以发财，儿子在大学毕业，就又到洋行去做事，这是上海洋奴的人生观。另外不做外国商人的奴隶，不做官，宁愿用自己所学去教书，自然也还有人。但是你若没有依傍，到什么地方去找书教？你一个中学校出身的人，除了小学还可以教什么书？本地小学教员比兵士收入不会超过一倍，一个稍有作为的兵士，对于生活改变的机会，却比一个小学教员多十倍；若是这两件事平平的放在一处，你意思选择什么？"(11)

我说："你意思以为六年内你的副兵可以做一个军官，是不是？"

"我意思只以为他不宜读书。因为你还不宜于同读书人在一处谋生活，他自然更不适当了。"

我还想对于这件事有所争论，六弟却明白我的意思，他就抢着说："你若认为你是对的，我尽你试验一下，尽事实来使你得到一个真理。"

本来听了他说的一些话，我把这小子改造的趣味已经减去一半了，但这时好像故意要同这一位军官斗

（11）六年的时间对一个读书人来说很短，也许还不能完成一篇传世巨著，但对于一个雷厉风行的军人来说，六年的时间却可以改变很多。正所谓："志士惜日短，愁人知夜长。"

六弟用实例向"我"证明：读书并不会使小兵有什么改变。

气似的，我说："把他交给我再说。我要他从国内最好的一个大学毕业，才算是我的主张成功。"

六弟笑着："你要这样麻烦你自己，我也不好意思坚持了。"（12）

我们算是把事情商量定局了，六弟三天即将回返湖南，等他走后我就预备为这未来的学士，找朋友补习数学和一切必需课程，我自己还预备每天花一点钟来教他国文，花一点钟替他改正卷子。那时是十月，两月后我算定他就可以到××中学去读书了。我觉得我在这小兵身上，当真会做出一分事业来，因为这一块原料是使人不能否认可以治成一件值价的东西的。

♪ 简 析

《虎雏》与沈从文的其他小说不同，去其冗长的铺垫，开门见山，直入正题。故事娓娓道来，没有激扬的情感、华丽的辞藻，但一个小兵的鲜活形象却跃然纸上。文中的"我"想要把一个充满野性，但外表却迷人的小兵改造成一个文明的城里人，结果，隐藏在小兵内心深处的野蛮习性战胜了都市的礼貌、忍让，他终于因为杀人而逃走了。"我"失败了，也觉悟了，城市文明并不能征服一切。但也并非野蛮的就是落后的，在小兵身上有一种不甘忍受欺压，敢于同恶势力一见高低的强悍精神，这是原始的生命活力的体现，也是沈从文小说所要挖掘的湘西人那种粗犷的野性美。

（12）表面上是"我"征服了六弟，实际上是六弟想用事实向"我"证明："我"的选择是错误的。为文章的结局做了铺垫。

易秀梅　批注

我的小学教育

木傀儡戏

二月八，土地菩萨生日，街头街尾，有得是戏！土地堂前头，只要剩下来约两丈宽窄的空地，闹台就可以打起来了。这类木傀儡戏，与其说是为娱乐土地一对老夫妇，不如说是为逗全街的孩子欢心为合式。别的功果，譬如说，单是用胡椒面也得三十斤的打大醮，捐钱时，大多都是论家中贫富为多少的；唯有土地戏，却由募捐首士清查你家小孩子多少。像我们家有五个姊妹的，虽然明知到并不会比对门张家多谷多米，但是钱，总捐得格外多。不捐，那是不行的。小孩子看戏不看戏可不问。但若是你家中孩子比别人两倍多，出捐太少，在自己良心上说来，也不好意思。

戏虽在普通一般人家吃过早饭后才开场，很早很早，那个地方就会已为不知谁个打扫得干干净净了。唯有"土地堂前猪屎多"，在平时，猪之类，爱在土地堂前卸脱它的粪便，几乎是成了通例的，唱戏日，大家临时就懂了公德心，知道妨碍了看戏是大家所抱怨的，于是，这一天，就把猪关禁起来了。你若高兴，早早的站在自己门前，总可以见到戏箱子过去，押箱子的我们不要问就可以知道是"管班"。每一口箱子由两个挑水的人抬着，箱子上有各样好看的金红漆花，有钉子，有金纸剪就"黄金万两"连连牵牵的吉利字，一把大牛尾锁把一些木头人物关闭着。呵，想象到那些花脸，旦角，尤其是爱做笑样子的小

丑，鼻子上一片白粉豆腐干似的贴着，短短的胡子，……而它们，这时是一起睡在那一只大木箱子里，将要做些什么？真可念！我们又可以看到一批年老的伯娘婆婆，搬了凳子，预先去占座位的。做生意的，如像本街光和的米豆腐担子，包娘的酸萝卜篮子，也颇早的就去把地盘找就了。

饭吃了，一十六个大字，照例的每日功课，在一种毫不用心随随便便的举动下，用淡淡的墨水描到一张老连纸上后，所候的就是"过午"那三十枚制钱了。关于钱的用处，那是预先就得支配的。所有花费账单大致如下：

面（或饺子）一碗，十二文。

甘蔗一节，三文。

酸萝卜（或蒜苗），五文。

四喜的凉糕，四文。

老强母亲的膏粱甜酒，三文。

余三文作临时费。

凉糕，同膏粱甜酒，母亲于出门时，总有三次以上嘱咐不得买吃的，但倘若是并无其他相当代替东西时，这两样，仍然是不忍放弃的。有时可以把甘蔗钱移来买三颗大李子，吃了西瓜则不吃凉糕。倘若是剩钱，那又怎么办？钱一多，那就只好拿来放到那类投机事业上去碰了！向抽签的去抽糖罗汉，有时运气好，也得颇大的糖土地。又可以直接去换钱，去同人赌骰子，掷"三子侯"。钱用完时，人倦了，纵然戏正有趣，回家也是时候了。遇到看戏日，是日家中为敬土地的缘故，菜必格外丰富。"土地怎不每月有一个生日呢？"用一种奇怪的眼睛瞅着桌上陈列的白煮母鸡，问妈，妈却无反应。待到白煮鸡只剩下些脚掌肋巴骨时，戏台边又见到嘴边还抹油的我们了。

在镇算，一个石头镶嵌就的圆城圈子里住下来的人，是苗人占三分之一，外来迁入汉人占三分之二混合居住的。虽然多数苗子还住在城外，但风俗，性质，是几乎可以说已彼此同锡与铅样，融合成一锅后，彼此都同化了。时间是一世纪以上，因此，近来有一类人，就是那类说来俨然像骂人似的，所谓"杂种"，就很多很多。起初由总兵营一带，或更近贵州一带苗乡进到城中的，我们当然可以从他走路的步法上也看得出这是"老庚"，纵然就把衣服全换。但要一个人，说出近来如吴家杨家这两族人究竟是属于哪一边，这是不容易也是不可能的！若果"苗女儿都特别美"，这一个例可以通过，我们就只好说凡是吴家杨家女儿美的就是苗人了。但这不消说是一个笑话。或者他们两家人，自己就无从认识他的祖宗。苗人们勇敢，好斗，朴质的行为，到近来乃形成了本地少年人一种普遍的德性。关于打架，少年人秉承了这种德性。每一天每一个晚间，除开落雨，每一条街上，都可以见到若干不上十二岁的小孩，徒手或执械，在街中心相殴相扑。这是实地练习，这是一种预备，一种为本街孩子光荣的预备！全街小孩子，恐怕是除非生了病，不在场的怕是无一个罢。他们把队伍分成两组，各由一较大的，较挨得起打的，头上有了成绩在孩子队中出过风头的，一个人在别处打了架回来为本街挣了面子的，领率统辖。统辖的称为官，在前清，这人是道台，是游击，到革命以后，城中有了团长旅长，于是他们衔头也随到改变了。我曾做过七回都督，六弟则做过民政长。都督的义务是为兄弟伙凑钱备打架的南竹片；利益，则行动不怕别人欺侮，到处看戏有人护卫而已。

晚上，大家无事，正好集合到衙门口坪坝上一类较宽敞地方，练习打筋斗，拿顶，倒转手来走路。或者，把由自己刮削得光生生的南竹片子拿在手上，选对子出来，学苗子打堡子时那样拼命。命固不必拼，但，互相攻击，除开头脸，心窝，"麻雀"，只在一些死肉上打下，可以炼磨成一个挨得起打的英雄好汉，那是事实罢。不愿用家伙的，所谓"文劲"，仍可以由都督，选出两队相等的小傻子来，把手拉斜抱了别个的身，垂下屁股，互相扭缠，同一条蛇样，到某一个先跌到地上时为止，又再换人。此类比赛，范围有限，所以大家就把手牵成一个大圈儿，让两人在圈中来玩。都督一声吆喝，两个牛劲就使出了。倒下而不愿再起的，算是败了。败者为胜利的作一个揖，表示投降，另一场便又可以起头。也有那类英雄，用腰带绑其一手，以一手同人来斗的，也有两人与一人斗的。总之，此种练习，以起疱为止，流血也不过凶，不然，胜利者也觉没趣，因为没一个同

街的啼哭回家，则胜利者的光荣，早已全失去了。

这一街与另一街必得成仇，不然，孩子们便找不出实际显示功夫的一天！遇到某街某弄，土地戏开场，他们就有得是乐了。先日相约下来，做个预备。行使通知的归都督，由都督下令团长去各家报告。各人自预备下应用的军器，这真是少不得的一件东西！固然，正式冲锋上，有由各方首领各选人才，出面单独角力用不着军器的时候，但，终少不了！少了军器，到说"各亮器械宽阔处去"时，恐怕气概就老不老早先馁下了。或是短短木棒，或是家中晒棉纱用的小竹筒，都可以。最好最正式的军器是"南竹块"。这东西，由一个小孩子打到另一小孩子身上时，任怎样有力，也不会大伤。且拿南竹片可以藏到袖中，孩子们学藤牌时，又可以充砍刀用，所以家中也不会禁止。缺少军器的可以到都督处去领取两枚小钱，到钱纸铺去，自己任意挑选。竹片在钱纸铺中，除了夹纸已成了废物，也幸有了这样一种销路，不然，会只有当柴烧了。

团长通知话语，大约如下：

"据探子报：△月△日，△△街，唱土地戏△天，兄弟们应各备器械，前往台边占据地盘。奋勇当先，各自为战，莫为本街出丑，是所望于大家！"

此出于侵略一方面，能具侵略胆量者，至少总有几位脚色，且有联络或征服其他团体三个以上的力量才敢正式宣布，不然，戏纵要看，也只好悄悄的，老老实实的，站在远远的地方观望罢了。戏属本街呢，传话当为"△月△日，本街△段唱木人头戏，热闹非凡，凡我弟兄，俱应于闹台锣鼓打过以前，执械戎装到场，把守台边。莫为别地痞子欺侮，致令权利失去！其军械不齐又不先来都督处领取款子的。罚如律。"关于赏罚律，抄数则例示：

见敌远走者，罚钱一文。

被打起疮不哭哼者，赏钱一文。

在别处被二人以上围打不伤者，赏钱二文。

被人骂娘二句挑战不敢动手者，罚钱二文。

不是说到这一群小宝贝预约下来的事情么？在戏场开锣以前，空头唢呐还呜呜的吹时，本街的孩子们，三个五个，满面光辉，如生日是属于自己一样，吃得肚子饱饱的，迎上前去，就把戏台包围了。所谓台，可不是玩意儿，冠冕堂皇，真了不得呀。十多根如同臂膊大小的木杆竹竿，横七竖八的在一些麻绳子的束缚下绑好后，（远看正如一个立方体的灯笼架子，）接着是用破破烂烂灰布青布帐篷一类套上去，照此一来，太阳可以不会再晒到鼓起嘴巴吹唢呐的老老秃顶了，一些木头傀儡也就很安静于一方阴影下老老实实休息着了。布篷套上后，已不再像灯笼架子，到后又得那类庙中用的幔子把打锣鼓一班人分隔到内房去，于是远远的看来，俨然也成了一个戏台模样。

把闹台过后，不久就是为某乡约，某保证，或是某老太太打加官的一套把戏。这真讨厌！在大戏台上，见到一个戴了面具，穿了红衣，随到"锵锵庆锵锵"的一起一落的步法走着，好久好久又才拿起那"加官赐福"或"一品当朝"的红布片子洒开一抖，已够腻人了，如今却由一个木头人再套上一个面具，也亏下面那个舞的人好意思！另一个人口中喊着为某老太太的加官呀，我们回过头去，只要选那人众中脸儿像猫的，必定就是她。她是快活极了，却不知我们都为她羞。不过，这加官打到自己家中的外祖母头上时，那便又当别论了，因为是这么一来，过午的钱，将因外祖母的高兴，把我们吃早饭时所预约下来的用费增加了。

有一类声音，是未经锣鼓敲打以前，就能听到的，就像：孛孛，你妈又怎不来！婆婆，又怎不把你的外孙也带来！代狗，这里要买盐葵花子！嫂嫂，这里有张空凳！……

又有一类声音，是锣鼓敲打以后，平息下来，歇了中台，始能听到的，就像：老肥，米豆腐三碗，热的，多辣子！面客，饺子多作醋！卖糕的，我不要这样的！……

到歇晚台时，一切声音就都为拖曳板凳的吱吱格格声音吞噬了。也有不少小孩子尖锐的呼声，突出此一片嘈杂的音海，但终于抑下了，深深的陷到这类烂泥样的吵嚷中了，全场板凳移动声像一批顶小的顶坏的边响炮仗往你耳边炸。

到末了，剩下三五个顽皮的不知足的小孩子，用一种研究态度，把手指头塞到口里去，权当丁丁糖吮着，很殷勤的看到戏子们把一个一个木傀儡安置到大箱中去，又看到戏台的皮剥去后，依然恢复那灯笼架子的神气，又看到小叫化子，徘徊于灰色葵花子壳中找寻他不意中的幸运，好像一枚当十铜元，一条手巾，一个仅只咬去一半的甜梨。

唱戏人，在布围子里地下走动着，把木傀儡从暗中伸举起来，至齐傀儡膝部自己手掌为度，若在台边看戏，利益就太多了。在台边，则一面可以看戏，一面还可见到那个唱戏的人，手中耍着木头人，口上哼哼唧唧，且极其可笑的做出俨乎其然的神气，走着戏上人物的步法。一个场面上是旦脚，如像夺阿斗的糜夫人，则耍木头人的那一位，脚步也扭扭捏捏，走动时也正同一个小脚女人样，真可笑极了。揎开布篷，便又可以见到那打锣的，在空闲时把塞到耳朵边正燃着纸煤子吸烟，吹唢呐的，嘴巴胀鼓鼓的，同含了什么两枚核桃之类，又正如杀猪志成吹猪脚那一种派头。台边前，不怕太阳晒，也是一个舒服处。还有一件顶讨便宜的事，就是随意去扳动那些脑后一颗钉挂在绳子上休息的傀儡时，戏子见到也从不呵叱！因为这中还有一个规矩，这规矩是戏在哪一街演唱时，则那一街的孩子，在大人们许可的法律中，成了戏台周围唯一的霸有者了。在霸有者所享有的权利有如此其多，当然给了其小孩若干强烈的诱惑。帝国主义者之侵略，既无从去禁止另一街为这诱惑已弄得心痒痒的之强项君子，因此一来，保护主权与野心家的战争，便随时都可以发生了。

败了，大家无声无息的退下，把救兵搬来时，又用力夺回。或保留此仇，待他日报复。胜了，所谓野心家，怀了失败的羞耻，也不再看别人街上唱的戏，都督带领弟兄，垂头丧气回家去，这耻辱也保留下来，等另一机会去了。为竞争存活起见，这之间用得着临时联邦政策。毗邻一街，若无深仇，则可合力排除强权，成功后，把帝国主义者打倒后，则让出戏台前地位三分之一来作携手御外侮的报酬。也有本街孩子极少，犹能抵抗外来之人侵略主权的，此则全赖本街中之大孩子。此类大孩子，当年亦必曾作统领，有名于全城，一切孩子们所敬服，又能持中不偏，才足以济。大孩子初不必帮同作战，或用别的力来相助，所要的是公理的执行。遇他方的孩子，行使侵略，来占戏台，本街小孩子诉苦于大孩子时，大孩子即做主人，再找一二好事喜斗之徒，为执行评证，使两街孩子，到离戏场较远，不致扰乱唱戏的空地方去，排队成列，各择一人，出面来殴扑，不准哭，不准喊，不准用铁器伤人，不准从旁帮忙。跌下的，若有力再战，仍可起身作第二次比赛。第一对胜败分明后，又选第二对，第三第四继其后，以尽本街小孩子为止。到后，总评其胜负。若本街实不敌，则让戏台之一面或两面，作媾和割地议；若胜，则对方虽人多，亦不必退缩。因较大之公证人在旁，败者亦只好携手跑去，再不好意思看戏了。要报仇么？下次有的是机会，横顺土地戏是这里那里直要唱两个月以上的，并且土地戏以外也不是无时间。

在打架时，是会要影响到戏的演奏么？我才说到，那请放心，决不会到那样！他们约下来，在解决以前，是不能靠近目的地的。人人都是那样文明，混战独战总得到大田坪里，或有沙土地方去。大坪坝空阔，平顺，免得误打别的老实小孩们，敌不过而又不甘认败的，且可以在田坪中小跑，如鸡溜头时一样。至于沙子地方，则纵跌猛的摔倒时，不至把身子跌伤，且衣服脏了也容易干净。也不知是有意还是自然哩，在城中，一块大坪，沙子软软的同棉絮样的地方，就很多！不论他是如何，孩子们，会选地方打架，那是用不着夸张也用不着隐饰的了。

不光是看戏。正月，到小教场去看迎春；三月间，去到城头放风筝；五月，看划船；六月，上山捉蛐蛐，下河洗澡；七月，烧包；八月，看月；九月，登高；十月，打陀螺；十二月，扛三牲盘子上庙敬神；平常日子，上学，买菜，请客，送丧，你若是一个人，又不同你妈，又不同你爸，你又是结下了许多仇的一个人，那真危险！你一出街头，就得准备。起疱是最小的礼物，你至少应准备接受比起疱分量还重一点的东西。闪不知，一个人会

从你身边擦过去，那个手拐子，凶凶的，一下就会撞你倒地做个饿狗抢屎的姿势！来撞你的总不止一人。他们无非也是上学，买菜，一类家中职务。他若是一人，明知不是你对手，远远的他见你来，早拔脚跑了。但可以欺的，他总不会轻轻放过。他们都是为人欺苦够了的人，时时想到报复，想到把自己仇人踹到泥里头去。对仇人，没有可报复的方法时，则到处找更其怯弱的人来出气。他们见了你时，有意无意的，走过你的身边，装装自己爸爸夜里吃多了酒的醉模样，口中哼哼唧唧，把手撑到腰间，故意将拐子作了力来触撞你软地方。撞了你后，且胡胡地用鼻子说着，"怎么，撞人呀！"不理是为一个不愿眼前吃亏的上策。忍不住时，抬起头去，两人目光一相接，那他便更其调皮起来！他将对你不客气的笑，这笑中，你可以省得他所有的轻蔑来。或者，他更近一步，拢到你身边来，扬起捏着的拳，恐吓似的很快的轻轻落到你背上。你不做声，还是低了头在走，那第二步的撩逗又出来了。他将把脚步拖缓下来，待你刚要走近他身边时，笑笑的脸相，充满难堪的恶意，故意若才见到你的神气："喔，我道是谁呀！若高兴打架，就请把篮子放下罢。"这只能心里说打架是不高兴的事。虽然在另一个地方，你明知这人是不敢多事的，但如今是到了他的大门左右，一声喊，帮忙的来打狗扑羊的不知就有许多，所以"狗仗屋前"的他，便分外威风起来了。挑战的话大致不外后五种：录下以见一斑。

1. 肏他妈，谁爱打架就来呀！
2. 卖屁股的，慢走一点，大家上笔架城去！
3. 哪个是大脚色，我卵也不信，今天试试！
4. 大家来看！这里来一个小鬼！
5. 小旦脚，小旦脚，听不真么，我是说你呀！

骂，让他点罢，眼前亏好汉是不吃的。你一回嘴，情形准糟。欺凌过路人，这是多数方面一种固有权利，这权利也正如官家拦路抽税样：同是不合理，同是被刻薄，而又应当忍受之事；不然，也许损失还大。并且，此事在你自己，或者先时于你街上，就已把这税收得，这时不过是退一笔不要利息的借款罢了。

关于两街中也有这么一条，"不欺单身上学孩子"，但这义务，

14

这国际公德，也看都督的脚色而定，若都督不行，那是无从勒弟兄们遵守的。

木傀儡戏中常有两个小丑，用头相碰，揉做一团的戏，因此，孩子们争斗中，也有了一派，专用头同人相碰。但这一派属于硬劲一流，胜利的仍然有同样的吃亏，所以人数总不多，到后来，简直就把这门战略勾除了。

一九二六年八月十日作完。北京

♪ 简 析

我们慨叹沈从文是独一无二的，追根溯源是那山、那水、那片神奇土地的养育。文字轻灵洒脱处显情明理，倾诉着对生活的喃喃之情，丝丝缕缕尽显才情与现实的链接。小说的主题是"我的小学教育"，但是呈现在我们眼前的却是一幅真实的乡村儿童的生活图景——混杂以民俗风情和儿童的狂野天性，而没有窗明几净的读书琅琅。"木傀儡戏"是引子，但轴心却是少年们的勇敢、好斗的行为，暗示一种争夺，这是一种人性本能占有欲的淋漓展现。生活是最好的老师，湘西民俗风情的色彩斑斓更是让沈从文如数家珍，这些不仅影响了他的人生，也给读者留下了真实生动的湘西世界。语言质朴、真实，夹杂口语，虽是孩子的视角，却给人一种成熟倾泻的口吻，娓娓道来的是生动的故事，也是一种生命的体验。

丈　夫

落了春雨，一共有七天，河水涨大了。

河中涨了水，平常时节泊在河滩的烟船妓船，离岸极近，船皆系在吊脚楼下的支柱上。

在四海春茶馆楼上喝茶的闲汉子，伏身在临河一面窗口，可以望到对河的宝塔"烟雨红桃"好景致，也可以知道船上妇人陪客烧烟的情形。因为那么近，上下都方便，有喊熟人的声音，从上面或从下面喊叫，到后是互相见到了，谈话了，取了亲昵样子，骂着野话粗话，于是楼上人会了茶钱，从湿而发臭的甬道走去，从那些肮脏地方走到船上了。

上了船，花钱半元到五块，随心所欲吃烟睡觉，同妇人毫无拘束的放肆取乐，这些在船上生活的大臀肥身年轻女人，就用一个妇人的好处，服侍男子过夜。

船上人，她们把这件事也像其余地方一样称呼，这叫做"生意"。她们都是做生意而来的。在名分上，那名称与别的工作同样，既不与道德相冲突，也并不违反健康，她们从乡下来，从那些种田挖园的人家，离了乡村，离了石磨同小牛，离了那年轻而强健的丈夫，跟随到一个熟人，就来到这船上做生意了。做了生意，慢慢的变成为城市里人，慢慢的与乡村离远，慢慢的学会了一些只有城市里才需要的恶德，于是这妇人就毁了。但那毁，是慢慢的，因为需要一些日子，所以谁也不去注意了。而且也仍然不缺少在任何情形下还依然会好好的保留着那乡村淳朴气质的妇人，所以在市的小河妓船上，决不会缺少年轻女子的来路。

事情非常简单，一个不亟亟于生养孩子的妇人，到了城市，能够每月把从城市里两个晚上所得的钱，送给那留在乡下诚实耐劳种田为生的丈夫处去，在那方面就可以过了好日子，名分不失，利益存在，所以许多年轻的丈夫，在娶妻以后，把妻送出来，自己留在家中耕田种地安分过日子，也竟是极其平常的事。

这种丈夫，到什么时候，想及那在船上做生意的年轻的媳妇，或逢年过节，照规矩要见见媳妇的面了，自己便换了一身浆洗干净的衣服，腰带上挂了那个工作时常不离口的短烟袋，背了整箩整篓的红薯糍粑之类，赶到市上来，像访远亲一样，从码头第一号船上问起，一直到认出自己女人所在的船上为止。问明白了，到了船上，小心小心地把一双布鞋放到舱外护板上，把带来的东西交给了女人，一面便用着吃惊的眼睛，搜索女人的全身。这时节，女人在丈夫眼下自然已完全不同了。

大而油光的发髻，用小镊子扯成的细细眉毛，脸上的白粉同绯红胭脂，以及那城市里人神气派头，城市里人的衣裳，都一定使从乡下来的丈夫感到极大的惊讶，有点手足无措。那呆像是女人很容易清楚的。女人到后开了口，或者问："那次五块钱得了么？"或者问："我们那对猪养儿子了没有？"女人说话时口音自然也完全不同了，变成像城市里做太太的大方自由，完全不是在乡下做媳妇的神气了。

听女人问到钱，问到家乡豢养的猪，这做丈夫的看出自己做主人的身份，并不在这船上失去，看出这城里奶奶还不完全忘记乡下，胆子大了一点，慢慢地摸出烟管同火镰。第二次惊讶，是烟管忽然被女人夺去，即刻在那粗而厚大的掌握里，塞了一支哈德门香烟的缘故。吃惊也仍然是暂时的事，于是这做丈夫的，一面吸烟一面谈话，……

到了晚上，吃过晚饭，仍然在吸那有新鲜趣味的香烟。来了客，一个船主或一个商人，穿生牛皮长统靴子，抱兜一角露出粗而发亮的银链，喝过一肚子烧酒，摇摇荡荡地上了船。一上船就大声地嚷要亲嘴要睡，那洪大而含糊的声音，那势派，都使这做丈夫的想起了村长同乡绅那些大人物的威风，于是这丈夫不必指点，也就知道怯生生的往后舱钻去，躲到那后梢舱

上去低低的喘气，一面把含在口上那支卷烟摘下来？毫无目的的眺望河中暮景。夜把河上改变了，岸上河上已经全是灯火，这丈夫到这时节一定要想起家里的鸡同小猪，仿佛那些小小东西才是自己的朋友，仿佛那些才是亲人，如今与妻接近，与家庭却离得很远，淡淡的寂寞袭上了身，他愿意转去了。

当真转去没有？不。三十里路路上有豺狗，有野猫，有查夜的放哨的团丁，全是不好惹的东西，转去自然做不到。船上的大娘自然还得留他上三元宫看夜戏，到四海春去喝清茶，并且既然到了市上，大街上的灯同城市中的人更不可不去看看。于是留下了，坐到后舱看河中景致，等候大娘的空暇。到后要上岸了，就由小阳桥上扳篷架到船头，玩过后，仍然由那旧地方转到船上，小心小心使声音放轻，省得留在舱里躺到床上烧烟的人发怒。

到要睡觉的时候，城里起了更，西梁山上的更鼓咚咚响了一会，悄悄地从板缝里看看客人还不走，丈夫没有什么话可说，就在梢舱上新棉絮里一个人睡了。半夜里，或者已睡着，或者还在胡思乱想，那媳妇抽空爬过了后舱，问是不是想吃一点糖。本来非常欢喜口含冰糖的脾气，是做媳妇的记得清楚明白，所以即或说已经睡觉，已经吃过，也仍然还是塞了一小片冰糖在口里。媳妇用着略略抱怨自己那种神气走去了，丈夫把冰糖含在口里，正像仅仅为了这一点理由，就得原谅媳妇的行为，尽她在前舱陪客，自己也仍然很和平的睡觉了。

这样的丈夫在黄庄多着，那里出强健女子同忠厚男人。地方实在太穷了，一点点收成照例要被上面的人拿去一大半，手足贴地的乡下人，任你如何勤省耐劳的干做，一年中四分之一时间，即或用红薯叶子拌和糠灰充饥，总还不容易对付下去。地方虽在山中，离大河码头只三十里，由于习惯，女子出乡讨生活，男人通明白这做生意的一切利益。他懂事，女子名分上仍然归他，养得儿子归他，有了钱，也总有一部分归他。

那些船排列在河下，一个陌生人，数来数去是永远无法数清的。明白这数目，而且明白那秩序，记忆得出每一个船与摇船人样子，是五区一个老水保。

水保是个独眼睛的人。这独眼就据说在年轻时节因殴斗杀过一个水上恶人，因为杀人，同时也就被人把眼睛抠瞎了。但两只眼睛不能分明的，他一只眼睛却办到了。一个河里都由他管事。他的权力在这些小船上，比一个中国的皇帝、总统在地面上的权力还统一集中。

涨了河水，水保比平时似乎忙多了。由于责任，他得各处去看看。是不是有些船上做父母的上了岸，小孩子在哭奶了。是不是有些船上在吵架，需要排难解纷。是不是有些船因照料无人，有溜去的危险。在今天，这位大爷，并且要到各处去调查一些从岸上发生影响到了水面的事情。岸上这几天来发生三次小抢案，据公安局那方面人说，是凡地上小缝小罅都找寻到了，还是毫无痕迹。地上小缝小罅都亏那些体面的在职人员找过，于是水保的责任便到了。他得了通知，就是那些说谎话的公安局办事处通知，要他到半夜会同水面武装警察上船去搜索"歹人"。

水保得到这个消息时是上半天。一个整白天他要做许多事。他要先尽一些从平日受人款待好酒好肉而来的义务了，于是沿了河岸，从第一号船起始，每个船上去谈谈话。他得先调查一下，问问这船上是不是留容得有不端正的外乡人。

做水保的人照例是水上一霸，凡是属于水面上的事他无有不知。这人本来就是一个吃水上饭的人，是立于法律同官府对面，按照习惯被官吏来利用，处治这水上一切的。但人一上了年纪，世界成天变，变去变来这人有了钱，成过家，喝点酒，生儿育女，生活安舒，这人慢慢的转成一个和平正直的人了。在职务上帮助了官府，在感情上却亲近了船家。在这些情形上面他建设了一个道德的模范。他受人尊敬不下于官，却不让人害怕讨厌。他做了河船上许多妓女的干爹。由于这些社会习惯的联系，他的行为处事是靠在水上人一边的。

他这时正从一个木跳板上跃到一只新油漆过的"花船"头，那船位置在较清静的一家莲子铺吊脚楼下。他认得这只船归谁管，一上船就喊"七丫头"。

没有声音。年轻的女人不见出来，年老的掌班也不见出来。老年人很懂事情，以为或者是大白天有年轻男子上船做呆事，就站在船头眺望，等了一会。

过一阵他又喊了两声，又喊伯妈，喊五多；五多是船上的小毛头，年纪十二岁，人很瘦，声音尖锐，平时大人上了岸就守船，买东西煮饭，常常挨打，爱哭，过一会儿又唱起小调来。但是喊过五多后，也仍然得不到结果。因为听到舱里又似乎实在有声音，像人出气，不像全上了岸，也不像全在做梦。水保就钩身窥觑舱口，向暗处询问是谁在里面。

里面还是不做答。

水保有点生气了，大声地问，"你是哪一个？"

里面一个很生疏的男子声音，又虚又怯回答说，"是我。"接着又说，"都上岸去了。"

"都上岸了么？"

"上岸了。她们……"

好像单单是这样答应，还深恐开罪了来人，这时觉得有一点义务要尽了，这男子于是从暗处爬出来，在舱口，小心小心扳到篷架，非常拘束的望到来人。

先是望到那一对峨然巍然似乎是为柿油涂过的猪皮靴子，上去一点是一个赭色柔软麂皮抱兜，再上去是一双回环抱着的毛手，满是青筋黄毛，手上有颗其大无比的黄金戒指，再上去才是一块正四方形像是无数橘子皮拼合而成的脸膛。这男子，明白这是有身份的主顾了，就学到城市里人说话，说，"大爷，您请里面坐坐，她们就回来。"

从那说话的声音，以及干浆衣服的风味上，这水保一望就明白这个人是才从乡下来的种田人。本来女人不在就想走，但年轻人忽然使他发生了兴味，他留着了。

"你从什么地方来的？"他问他，为了不使人拘束，水保取得是做父亲的和平样子，望到这年轻人。"我认不得你。"

他想了一下，好像也并不认得客人，就回答，"我昨天来的。"

"乡下麦子抽穗了没有？"

"麦子吗？水碾子前我们那麦子，哈，我们那猪，哈，我们那……"

这个人，像是忽然明白了答非所问，记起了自己是同一个有身份的城里人说话，不应当说"我们"，不应当说我们"水碾子"同"猪"，把字眼用错，所以再也接不下去了。

因为不说话，他就怯怯的望到水保笑，他要人了解他，原谅他——他是个正派人，并不敢有意张三拿四。

水保是懂这个意思的。且在这对话中，明白这是船上人的亲戚了，他问年轻人，"老七到什么地方去了，什么时候可以回来？"

这时节，这年轻人答语小心了。他仍然说，"是昨天来的。"他又告水保，他"昨天晚上来的"。末了才说，老七同掌班、五多上岸烧香去了，要他守船。因为守船必得把守船身份说出，他还告给了水保，他是老七的"汉子"。

因为老七平常喊水保都喊干爹，这干爹第一次认识了女婿，不必挽留，再说了几句，不到一会儿，两人皆爬进舱中了。

舱中有个小小床铺，床上有锦绸同红色印花洋布铺盖，折叠得整整齐齐。来客照规矩应当坐在床沿。光线从舱口来，所以在外面以为舱中极黑，在里面却一切分明。

年轻人为客找烟卷，找自来火，毛脚毛手打翻了身边一个贮栗子的小坛子，圆而发乌金光泽的板栗在薄明的船舱里各处滚去，年轻人各处用手去捕捉，仍然放到小坛中去，也不知道应当请客人吃点东西。但客人却毫不客气，从舱板上把栗拾起咬破了吃，且说这风干的栗子真好。

"这个很好，你不欢喜么？"因为水保见到主人并不剥栗子吃。

"我欢喜。这是我屋后栗树上长的。去年结了好多，乖乖的从刺球里爆出来，我欢喜。"他笑了，近于提到自己儿子模样，很高兴说这个话。

"这样大栗子不容易得到。"

"我一个一个选出来的。"

"你选？"

"是的，因为老七喜欢吃这个，我才留下来。"

"你们那里可有猴栗？"

"什么猴栗？"

水保就把故事所说的"猴子在大山上住，被人辱骂时，抛下拳大栗子打人。人想这栗子，就故意去山下骂丑话，预备捡栗子。"——说给乡下人听。

因为栗子，正苦无话可说的年轻人，得到同情他的人了。他就告水保另外属于栗子的种种事情。他知道的乡下问题可多咧。于是他说到地名"栗坳"的新闻。又说到一种栗木做成的犁具如何结实合用。这人是太需要说到这些了。昨天来一晚上都有客人吃酒烧烟，把自己关闭在小船后梢，同五多说话，五多睡得成死猪。今天一早上，本来应当有机会同媳妇谈到乡下事情了，女人又说要上岸过七里桥烧香，派他一个人守船。坐到船上等了半天，还不见人回，到后梢去看河上景致，一切新奇不同，全只给自己发闷。先一时，正睡在舱里，就想这满江大水若到乡下涨，鱼梁上不知道应当有多少鲤鱼上梁！把鱼捉来时，用柳条穿鳃到太阳下去晒，正计算到那数目，总算不清楚。忽然客人来到船上，似乎一切鱼都争着跳进水中去了。

来了客人，且在神气上看出来人是并不拒绝这些谈话的，所以这年轻人，凡是预备到同自己媳妇在枕边诉说的各样事情，这时得到了一个好机会，都拿来同水保谈了。

他告给水保许多乡下情形，说到小猪捣乱的脾气，叫小猪名字是"乖乖"，又说到新由石匠整治过的那副石磨，顺便告给了一个石匠的笑话。又说到一把失去了多久的镰刀，一把水保梦想不到的小镰刀，他说：

"你瞧，奇怪不奇怪？我赌咒我各处都找到了。我们的床下，门枋上，仓角里，什么不找到？它躲了。躲猫猫一样，不见了。我为这件事骂过老七。老七哭过。可还是不见。鬼打岩，蒙蒙眼，原来它躲在屋梁上饭箩里！半年躲在饭箩里！它吃饭！一身锈得像生疮。这东西多狡猾！我说这个你明白我没有？怎么会到饭箩里半年？那是一只做样子的东西，挂到斗窗上。我记起那事了，是我削楔子，手上刮了皮，流了血，生了大气，赌气把刀一丢。……到水上磨了半天，还不错，仍然能吃肉，你一不小心，就得流血。我还不曾同老七说到这个，她不会忘记那哭得伤心的一回事。找到了，哈哈，真找到了。"

"找到它就好了。"

"是的，得到了它那是好的。因为我总疑心这东西是老七掉到溪里，不好意思说明。我知道她不骗我了。我明白了。我知道她受了冤屈，因为我说过：'找不出么？那我就要打人！'我并不曾动过手。可是生气时也真吓人。她哭了半夜！"

"你不是用得着它割草么？"

"嗨，哪里，用处多咧。是小镰刀，那么精巧，你怎么说是割草？那是削一点薯皮，刮刮箫：这些这些用的。小得很，值三百钱，钢火妙极了。我们都应当有这样一把刀放到身边，不明白么？"

水保说："明白明白：都应当有一把，我懂你这个话。"

他以为水保当真是懂的，什么也说到了，甚至于希望明年来一个小宝宝，这样只合宜于同自己的媳妇睡到一个枕头上商量的话也说到了。年轻人毫无拘束的还加上许多粗话蠢话。说了半天，水保起身要走了，他才记起问客人贵姓。

"大爷，您贵姓？留一个片子到这里，我好回话。"

"不用不用。你只告她有这么一个大个儿到过船上，穿这样大靴子。告她晚上不要接客，我要来。"

"不要接客，您要来？"

"就是这样说，我一定要来的。我还要请你喝酒。我们是朋友。"

"我们是朋友，是朋友。"

水保用他那大而肥厚的手掌，拍了一下年轻人的肩膀，从船头上岸，走到别一个船上去了。

在水保走后，年轻人就一面等候一面猜想这个大汉子是谁。他还是第一次同这样尊贵的人物谈话，他不会忘记这很好的印象的。人家今天不仅是同他谈话，还喊他做朋友，答应请他喝酒！他猜想这人一定是老七的"熟客"。他猜想老七一定得了这人许多钱。他忽然觉得愉快，感到要唱一个歌了，就轻轻地唱了一首山歌。用四溪人体裁，他唱得是"水涨了，鲤鱼上梁，大的

有大草鞋那么大，小的有小草鞋那么小"。

但是等了一会还不见老七回来，一个鬼也不回来，他又想起那大汉子的丰采言谈了。他记起那一双靴子，闪闪发光，以为不是极好的山柿油涂到上面，是不会如此体面好看的。他记起那黄而发沉的戒子，说不分明那将值多少钱，一点不明白那宝贝为什么如此可爱。他记起那伟人点头同发言，一个督抚的派头，一个军长的身份——这是老七的财神！他于是又唱了一首歌。用杨村人不庄重口吻，唱得是"山坳的团总烧炭，山脚的地保爬灰；爬灰红薯才肥，烧炭脸庞发黑"。

到午时，各处船上都已有人烧饭了。湿柴烧不燃，烟子各处窜，使人流泪打嚏，柴烟平铺到水面时如薄绸。听到河街馆子里大师傅用铲子敲打锅边的声音，听到邻船上白菜落锅的声音，老七还不见回来。可是船上烧湿柴的本领年轻人还没有学到，小钢灶总是冷冷的不发吼。做了半天还是无结果，只有把它放下一个办法了。

应当吃饭时候不得饭吃，人饿了，坐到小凳上敲打舱板，他仍然得想一点事情。一个不安分的估计在心上滋长了。正似乎为装满了钱钞便极其骄傲模样的抱兜，在他眼下再现时，把原有的和平已失去了。一个用酒糟同红血所捏成的橘皮红色四方脸，也是极其讨厌的神气，保留到印象上。并且，要记忆有什么用？他记忆得到那嘱咐，是当到一个丈夫面前说的！"今晚上不要接客，我要来。"该死的话，是那么不客气的从那吃红薯的大口里说出！为什么要说这个？有什么理由要说这个？……

胡想使他心上增加了愤怒，饥饿重复揪着了这愤怒的心，便有一些原始人就不缺少的情绪，在这个年轻简单的人情绪中长大不已。

他不能再唱一首歌了。喉咙为妒忌所扼，唱不出什么歌。他不能再有什么快乐。按照一个种田人的脾气，他想到明天就要回家。

有了脾气再来烧火，自然更不行了，于是把所有的柴全丢到河里去了。

"雷打你这柴！要你到洋里海里去！"

但那柴是在两三丈以外，便被别个船上的人捞起了的。那船上人似乎一切都准备好了，正等待一点从河面漂流而来的湿柴，把柴捞上，即刻就见到用废缆一段引火，且即刻满船发烟，火就带着小小爆裂声音燃好了。看到这一切，新的愤怒使年轻人感到羞辱，他想不必等待人回船就要走路。

在街尾遇到女人同小毛头五多两个人，正牵了手说着笑着走来。五多手上拿得有一把胡琴，崭新的样子，这是做梦也不曾遇到的一件家伙！

"你走哪里去？"

"我——要回去。"

"要你看船船也不看，要回去。什么人得罪了你，这样小气？"

"我要回去，你让我回去。"

"回到船上去！"

看看媳妇，样子比说话还硬劲。并且看到那一张胡琴，明知道这是特别买来给他的，所以再不能坚持，摸了摸自己发烧的额角，幽幽地说，"回去也好，回去也好"，就跟了媳妇的身后跑转船上。

掌班大娘也赶来了，原来提了一副猪肺，好像东西只是乘便偷来的，深恐被人追上带到衙门里去。所以跑得颧骨发了红，喘气不止。大娘一上船，女人在舱中就喊：

"大娘，你瞧，我家汉子想走！"

"谁说的，戏都不看就走！"

"我们到街口碰到他，他生气样子，一定是怪我们不早回来。"

"那是我的错；是菩萨的错，是屠户的错。我不该同屠户为一个钱吵闹半天，屠户不该肺里灌这样多水。"

"是我的错。"陪男子在舱里的女人，这样说了一句话，坐下了。对面是男子汉。她于是有意的在把衣服解换时，露出极风情的红绫胸褥。胸褥上绣了"鸳鸯戏荷"。

男子觑着，不说话。有说不出的什么东西，在血里窜着涌着。

在后梢，听到大娘同五多谈着柴米。

"怎么我们的柴都被谁偷去了！"

"米是谁淘好的？"

"一定是火烧不燃。……姐夫是乡下人，只会烧松香。"

"我们不是昨天才解散一捆柴么？"

"都完了。"

"去前面搬一捆，不要说了。"

"姐夫只知道淘米！"

听到这些话的年轻汉子，一句话不说，静静地坐在舱里，望到那一把新买来的胡琴。

女人说，"弦都配好了，试拉拉看。"

先是不做声，到后把琴搁在膝上，查看松香。调琴时，生疏的音从指间流出，拉琴人便快乐的微笑了。

不到一会，满舱是烟，男子被女人喊出去，仍然把琴拿到外面去，站在船头调弦。

到后吃中饭时，五多说：

"姐夫，你回头拉'孟姜女哭长城'，我唱。"

"我不会拉。"

"我听说你拉得很好，你骗我谎我。"

"我不骗你。"

大娘说，"我听老七说你拉得好，所以到庙里，一见这琴，我就想起你才说就为姐夫买回去吧。是运气，烂贱就买来了。这到乡里一块钱还恐怕买不到，不是么？"

"是的。值多少钱？"

"一吊六。他们都说值得！"

五多说，"谁说值得？"

大娘很生气地说，"毛丫头，谁说不值得？你知道什么！撕你的嘴！"

因为这琴是从一个卖琴熟人手上拿来，一个钱不花，听到大娘的谎话，五多分辩，大娘就骂五多，老七却笑了。男子以为这是笑大娘不懂事，所以也在一旁干笑。

男子先把饭吃完，就动手拉琴，新琴声音又清又亮，五多高兴到得意忘形，放下碗筷唱将起来，被大娘结结实实打了一筷子头，才忙着吃饭、收碗、洗锅子。

到了晚上，前舱盖了篷，男子拉琴，五多唱歌，老七也唱歌，美孚灯罩子有红纸剪成的遮光帽，全舱灯光红红的如办大喜事，年轻人在热闹中像过年，心上开了花。可是过不久，有兵士从河街过身，喝得烂醉，听到这声音了。

两个醉鬼跟跟跄跄到了船边，两手全是污泥，用手扳船，口含糊桃那么混混胡胡的嚷叫：

"什么人唱，报上名来！唱得好，赏一个五百。不听到么？老子赏你五百！"

里面琴声戛然而止，沉静了。

醉鬼用脚不住踢船，蓬蓬蓬发出钝而沉闷的声音，且想推篷，搜索不到篷盖接榫处，于是又叫嚷，"不要赏么，婊子狗造的？装聋，装哑？什么人敢在这里作乐？我怕谁？皇帝我也不怕。大爷，我怕皇帝我不是人！我们军长师长，都是混账王八蛋！是皮蛋鸡蛋，寡了的臭蛋！我才不怕。"

另一个喉咙发沙的说道：

"骚婊子？出来拖老子上船！"

且即刻听到用石头打船篷，大声的辱骂祖宗。一船人都吓慌了。大娘忙把灯扭小一点，走出去推篷，男子听到那汹汹声气，夹了胡琴就往后舱钻去。不一会，醉人已经进到前舱了。两个人一面说着野话一面要争到同老七亲嘴，同大娘五多亲嘴。且听到问："是什么人在此唱歌作乐，把拉琴的抓来再给老子唱一个歌。"

大娘不敢做声，老七也无主意了，两个酒疯子就大声的骂人。

"臭货，喊龟子出来，跟老子拉琴，赏一千！英雄盖世的曹孟德也不会这样大方！我赏一千，一千个红薯，快来，不出来我烧掉你们这只船！听着没有，老东西！？赶快，莫让老子们生了气，灯笼子认不得人？"

"大爷，这是我们自己家几个人玩玩，不是外人……"

"不！不！不！老婊子，你不中吃。你老了，皱皮柑！快叫拉琴的来！杂种！我要拉琴，我要自己唱！"一面说一面便站起身来，想向后舱去搜寻。大娘弄慌了，把口张大合不拢去。老七急中生智，拖着那醉鬼的手，安置到自己的大奶上。醉人

懂到这意思，又坐下了。"好的，妙的，老子出得起钱，老子今天晚上要到这里睡觉！孤王酒醉在桃花宫，韩素梅生来好貌容……"

这一个在老七左边躺下去后，另一个不说什么，也在右边躺了下去。

年轻人听到前舱仿佛安静了一会，在隔壁轻轻地喊大娘。正感到一种侮辱的大娘，悄悄爬过去，男子还不大分明是什么事情，问大娘：

"什么事情？"

"营上的副爷，醉了，像猫，等一会儿就得走。"

"要走才行。我忘记告你们了，今天有一个大方脸人来，好像大官，吩咐过我，他晚上要来，不许留客。"

"是脚上穿大皮靴子，说话像打锣么？"

"是的，是的。他手上还有一个大金戒子。"

"那是老七干爹。他今早上来过了么？"

"来过的。他说了半天话才走，吃过些干栗子。"

"他说些什么？"

"他说一定要来，一定莫留客，……还说一定要请我喝酒。"

大娘想想，来做什么？难道是水保自己要来歇夜？难道是老对老，水保注意到……想不通，一个老鸨虽一切丑事做成习惯，什么也不至于红脸，但被人说到"不中吃"时，是多少感到一种羞辱的。她悄悄的回到前舱，看前舱新事情不成样子，扁了扁瘪嘴，骂了一声猪狗，终归又转到后舱来了。

"怎么？"

"不怎么。"

"怎么，他们走了？"

"不怎么，他们睡了。"

"睡了？"

大娘虽不看清楚这时男子的脸色，但她很懂这语气，就说："姐夫，你难得上城来，我们可以上岸玩去。今夜三元宫夜戏，我请你坐高台子，是'秋胡三戏结发妻'。"

男子摇头不语。

兵士胡闹一阵走后，五多大娘老七都在前舱灯光下说笑，说那兵士的醉态。男子留在后舱不出来。大娘到门边喊过了两次，不答应，不明白这脾气从什么地方发生。大娘回头就来检查那四张票子的花纹，因为她已经认得出票子的真假了。票子倒是真的，她在灯光下指点给老七看那些记号，那些花，且放到鼻子上嗅嗅，说这个一定是清真馆子里找出来的，因为有牛油味道。

五多第二次又走过去，"姐夫，姐夫，他们走了，我们来把那个唱完，我们还得……"

女人老七像是想到了什么心事，拉着了五多，不许她说话。

一切沉默了。男子在后舱先还是正用手指扣琴弦，作小小声音，这时手也离开那弦索了。

三个女人都听到从河街上飘来的锣鼓唢呐声音，河街上一个做生意人办喜事，客来贺喜，大唱堂戏，一定有一整夜热闹。

过了一会，老七一个人轻脚轻手爬到后舱去，但即刻又回来了。

大娘问："怎么了？"

老七摇摇头，叹了一口气。

先以为水保恐怕不会来的，所以大家仍然睡了觉，大娘老七五多三个人在前舱，只把男子放到后面。

查船的在半夜时，由水保领来了，水面鸦雀无声，四个全副武装警察守在船头，水保同巡官晃着手电筒进到前舱。这时大娘已把灯捻明了，她经验多，懂得这不是大事情。老七披了衣坐在床上，喊干爹，喊巡官老爷，要五多倒茶。五多还睡意迷蒙，只想到梦里在乡下摘三月莓。

男子被大娘摇醒揪出来，看到水保，看到一个穿黑制服的大人物，吓得不能说话，不晓得有什么严重事情发生。

那巡官装成很有威风的神气开了口："这是什么人？"

水保代为答应，"老七的汉子，才从乡下来走亲戚。"

老七说道，"老爷，他昨天才来的。"

巡官看了一会儿男子，又看了一会儿女人，仿佛看出水保的话不是谎话，就不再说话了，随意在前舱各处翻翻。待注意到那个贮风干栗子的小坛子时，水保便抓了一大把栗子塞到巡

官那件体面制服的大口袋里去，巡官只是笑，也不说什么。

一伙人一会儿就走到另一船上去了。大娘刚要盖篷，一个警察回来传话：

"大娘，大娘，你告老七，巡官要回来过细考察她一下，你懂不懂？"

大娘说，"就来么？"

"查完夜就来。"

"当真吗？"

"我什么时候同你这老婊子说过谎？"

大娘很欢喜的样子，使男子很奇怪，因为他不明白为什么巡官还要回来考察老七。但这时节望到老七睡起的样子，上半晚的气已经没有了，他愿意讲和，愿意同她在床上说点家常私话，商量件事情，就傍床沿坐定不动。

大娘像是明白男子的心事，明白男子的欲望，也明白他不懂事，故只同老七打知会，"巡官就要来的！"

老七咬着嘴唇不做声，半天发痴。

男子一早起来就要走路，沉默的一句话不说，端整了自己的草鞋，找到了自己的烟袋。一切归一了，就坐到那矮床边沿，像是有话说又说不出口。

老七问他，"你不是昨晚上答应过干爹，今天到他家中吃中饭吗？"

"……"摇摇头，不做答。

"人家特意为你办了酒席，好意思不领情？"

"……"

"戏也不看看么？"

"……"

"满天红的晕油包子，到半日才上笼，那是你欢喜的包子。"

"……"

一定要走了，老七很为难，走出船头待了一会，回身从荷包里掏出昨晚上那兵士给的票子来，点了一下数，一共四张，捏成一把塞到男子左手心里去。男子无话说，老七似乎懂到那意思了，"大娘，你拿那三张也把我。"大娘将钱取出，老七又把这钱塞到男子右手心里去。

男子摇摇头，把票子撒到地下去，两只大而粗的手掌捂着脸孔，像小孩子那样莫名其妙的哭了起来。

五多同大娘看情形不好，一齐逃到后舱去了。五多心想这真是怪事，那么大的人会哭，好笑。可是她并不笑。她站在船后梢舵，看见挂在梢舱顶梁上的胡琴，很愿意唱一个歌，可是不知为什么也总唱不出声音来。

水保来船上请远客吃酒，只有大娘同五多在船上。问到时，才明白两夫妇一早都回转乡下去了。

一九三〇年四月作于吴淞

简 析

《丈夫》是沈从文短篇小说的精品之作。作品叙述了一个年轻的乡下男子到城里看望当船妓的妻子的遭遇。作者通过刻画年轻丈夫在新的环境里对周围人事的种种反应和神态，不露声色地展现了湘西农民从麻木到朦胧觉醒的心灵历程。长期居于屈辱地位却浑然不觉的丈夫，在看望妻子的日子里，始终与孤单和寂寞相伴，他完全失去了做丈夫的权利。嫉妒和愤怒曾占据他的心，但容易满足的丈夫，妻子的几个亲热动作就使他退缩了。到这里故事并没有结束，沈从文给了我们一个欧·亨利式的结局：作者赞美了人性的觉醒。这样一个麻木、懦弱的丈夫，最后竟携妻子回乡下去了。他的这种行为，实际上是一种无言的愤怒和反抗，长久失去尊严的丈夫终于抬起头了。

黔小景

　　三月间的贵州深山里，小小雨总是特别多，快出嫁时乡下姑娘们的眼泪一样，用不着什么特殊机会，也常常可以见到。春雨落过后，大小路上烂泥如膏，远山近树全躲藏在烟里雾里，各处有崩坏的土坎，各处有挨饿太久全身黑区区的老鸦，天气早晚估计到时常常容易发生错误，许多小屋子里，都有面色憔悴的妇人，望到屋檐外的景致发愁。

　　官路上，这时节正有多少人在泥里雨里奔走。这些人中有作兵士打扮送递文件的公门中人，有向远亲奔差事的人，有骑了马回籍的小官，有行法事的男女巫师，别忘记，这种人有时是穿了鲜明红色缎袍，一边走路一边吹他手中所持镶银的牛角，招领到一群我们看不见的天兵天将鬼神走路的。单独的或结伴的走着。最多的是小商人，这些活动分子，似乎为了一种行路的义务，长年从不休息，在这官路上来往。他们从前一辈父兄传下的习惯，用一百八十的资本，同一具强健结实的身体，如云南小马一样，性格是忍劳耐苦的，耳目是聪明适用的；凭了并不有十分把握的命运，只按照那个时节的需要，三五成群的扛负了棉纱，水银，白蜡，梧子，官布，棉纸，以及其他两地所必需交换的出产，长年用这条长长有名无实的官路，折磨他们那两只脚，消磨到他们的每一个日子中每人的生命。

　　因为新年的过去，新货物在节候替移中，有了巨量的吞吐出纳，各处春货都快要上市了，加之雪后的春晴，行路方便，这些人，各在家中先吃得饱饱的，睡得足足的，选了好的日子上路。官路上商人增加了许多，每一个小站上，也就热闹了许多。

但吹花送寒的风，却很容易把春雨带来。春雨一落后，路上难走了。在这官路上做长途跋涉的人，因此就有了一种灾难。落了雨，日子短了许多，许多心急的人，也不得不把每日应走的里数缩短，把到达目的地的日子延长了。

于是许多小站上的小客舍里，天黑以前都有了商人落脚。这些人一到了站上，便像军队从远处归了营，纪律总不大整齐，因此客舍主人便忙碌起来了。他得为他们预备水，预备火，照料一切，若客人多了一点，估计坛子里余米不大敷用时，还得忙匆匆地到别一家去借些米来。客人好吃喝时，还得为他们备酒杀鸡。主人为客烧汤洗脚，淘米煮饭，忙了一阵，到后在灶边矮脚台凳上，辣子豆腐牛肉干鱼排了一桌子，各人喝着滚热的烧酒，嚼着粗粝的米饭。把饭吃过后，就有了许多为雨水泡得白白的脚，在火堆边烘着，那些善于说话的人，口中不停说着各样在行的言语，谈到各样撒野粗糙故事。火光把这些饶舌的或沉默的人影，各拉得长短不一，映照到墙上去。过一会，说话的沉默了。有人想到明早上路的事，打了哈欠，有人打了盹，低下头时几乎把身子栽到火中去。火光也渐渐熄灭了，什么人用铁火箸搅和着，便骤然向上卷起通红的火焰。外面雨声或者更大了一点，或者已结束了，于是这些人，觉得应当到了睡觉时候了。

到睡时，主人必在屋角的柱上，高高的悬着一盏桐油灯，站到一个凳子上去把灯芯爬亮了一点，这些人，到门外去方便了一下。因为看到外面极黑，便说着什么地方什么时节豹狼吃人的旧话，虽并不畏狼，总问及主人，这地方是不是也有狼把双脚搭在人背后咬人颈项的事情。一面说着，各在一个大床铺的草荐上，拣了自己所需要的一部分，拥了发硬微臭的棉絮，就这样倒下去睡了。

半夜后，或者忽然有人为什么声音吼醒了。这声音一定还继续短而洪大的吼着，山谷相应，谁个听来也明白这是老虎的声音。这老虎为什么发吼，占据到什么地方，生谁的气？这些人是不会去猜想的。商人中或者有贩卖虎皮狼皮的人，听到这

个声音时，他就估计到这东西的价值，每一张虎皮到了省会客商处，能值多少钱。或者所听到的只是远远的火炮同打锣声音，人可想得出，这时节一定有什么人攻打什么村子，各处是明亮的火把，各处是锋利的刀，无数用锅烟涂黑的脸，在各处大声喊着。一定有砍杀的事，一定有妇人惊惊惶惶哭哭啼啼抱了孩子，忙匆匆地向屋后竹园茨棚跑去的事，一定还有其他各样事情。因为人类的仇怨，使人类做愚蠢事情的机会，实在太多了。但这类事同商人又有什么关系？这事是决不会到他们头上来的。一切抢掠焚杀的动机，在夜间发生的，多由于冤仇而来。听一会，锣声止了，他们也仍然又睡着了。

有一天，有那么两个人，落脚到一个孤单的客栈里。一个扛了一担作账簿用的棉纸，一个扛了一担染色用的五子。他们因为在路上耽误了些时间，掉在大帮商人后面了几里路，不能追赶上去。落雨的天气照例断黑又极早，年纪大一点的那个人，先一日腹中作泻，这时也不愿意再走路了，所以不到黄昏，两人就停顿下来了。

他们照平常规矩，到了站，放下了担子，等候烧好了水，就脱下草鞋，一同在灶边一个木盆里洗脚。主人是一个孤老，头上发全是白的，走路腰弯弯的如一匹白鹤。今天是他的生日，这老年人白天一个人还念到这生日，想不到晚上就来那么两个客人了。两个客一面洗脚，一面就问有什么吃的。

这老人站到一旁好笑，说："除了干豇豆，什么也没有了。"

那个年轻商人说："你们开铺子，用豇豆待客吗？"

"平常有谁肯到我们这里住？到我这儿坐坐的，全是接一个火吃一袋烟的过路人。我这干豇豆本来留着自己吃的，你们是我这店里今年第一人客。对不起你们，马马虎虎凑乎吃一顿吧。我们这里买肉，远得很，这里隔寨子，还有二十四里路，要半天工夫。今天本来预备托人买点肉，落了雨，前面村子里就无人上市。"

"除了豇豆就没有别的吗？"客人意思是有没有鸡蛋。

老人说："还有点红薯。"

红薯在贵州乡下人当饭，在别的什么地方，城里人有时却当菜，两个客人都听人说过，有地方，城里人吃红薯是京派，算阔气的，所以现在听到说红薯当菜就都记起"京派"的称呼，以为非常好笑，两人就很放肆的笑了一阵。

因为客人说饿了，这主人就爬到凳子上去，取那些挂在梁上的红薯，又从一个坛子里抓取干豇豆，坐到大门边，用力在一个小砧上，轧着那些豇豆条。

这时门外边雨似乎已止住了，天上有些地方云开了眼，云开处皆成为桃红颜色，远处山上的烟雾好像极力在凝聚，一切光景在到黄昏里明媚如画，看那样子明天会放晴了。

坐在门边的主人，看到天气放了晴，好像十分快乐，拿了筛子放到灶边去，像小孩子的神气自言自语说着："晴了，晴了，我昨天做梦，也梦到今天会晴。"有许多乡下人，在落春雨时都只梦到天晴，所以这时节，一定也有许多人，在向另一个人说他的梦。

他望着客人把脚洗完了，赶忙走到房里去，取出了两双鞋子来给客人。那个年轻一点的客，一面穿鞋一面就说："怎么你的鞋子这样同我的脚合式！"

年长商人说："老弟，穿别人的新鞋非常合式，主有酒吃。"

年轻人就说："伯伯，那你到了省城一定得请我喝一杯。"

年长商人就笑了："不，我不请你喝。这兆头是中在你讨媳妇的，我应当喝你的喜酒。"

"我媳妇还在吃奶咧。"同时他看到了他伯伯穿那双鞋子，也似乎十分相合，就说："伯伯，你也有喜酒吃。"

两个人于是大声的笑着。

那老人在旁边听到这两个客人的调笑，也笑着。但这两双鞋子，却属于他在冬天刚死去的一个儿子所有的。那时正似乎因为两个商人谈到家庭儿女的事情，年轻人看到老头子孤孤单单的在此住下，有点怀疑，生了好奇的心。

"老板，你一个人在这里住吗？"

"我一个人。"说了又自言自语似的，"嗳，就是我一个人。"

"你儿子呢？"

这老头子这时节，正因为想到死去的儿子，有些地方很同

面前的年轻人相像,所以本来要说"儿子死了",但忽然又说:"儿子上云南做生意去了。"

那年长一点的商人,因为自己儿子在读书,就问老板,在前面过身的小村子里,一个学塾,是"洋学堂"还是"老先生"?

这事老板并不明白,所以不做答,就走过水缸边去取水瓢,因为他看到锅中的米汤涨腾溢出,应当取点米汁了。

两个商人 了鞋子,到门边凳子上坐下,望到门外黄昏的景致。望到天,望到山,望到对过路旁一些小小菜圃(油菜花开得黄澄澄的,好像散碎金子),望到踏得稀烂的那条山路(估晴过三天还不会干),一切调子在这两个人心中引起的情绪,都没有同另外任何时节不同,而觉得稍稍惊讶。到后倒是望到路边屋檐下堆积的红薯藤,整整齐齐的堆了许多,才诧异老板的精力,以为在这方面一个生意人比一个农人大大不如。他们于是说,一个跑山路飘乡商人不如一个农人好,一个商人可是比一个农人生活高。因为一个商人到老来,生活较好时,总是坐在家里喝酒,穿了庞大的山狸皮袄子,走路时摇摇摆摆,气派如一个乡绅。但乡下人就完全不同了。两叔侄因为望到这些干藤,到此地一钱不值,还估计这东西到城里能卖多少钱。可是这时节,黄昏景致更美丽了,晚晴正如人病后新愈,柔和而十分脆弱,仿佛在微笑,又仿佛有种忧愁,沉默无言。

这时老板在屋里,本来想走出去,望到那两个客人用手指点对面菜畦,以为正指到那个土堆,就不出去了。那土堆下面,就埋得有他的儿子,是在这人死过一天后,老年人背了那个尸身,埋在自己挖掘的土坑里,再为他加上二十撮箕生土做成小坟,留下个标志的。

慢慢的夜就来了。

屋子里已黑暗得望不分明物件,在门外边的两个商人,回头望到灶边一团火光,老板却痴坐在灶边不动。年轻人就喊他点灯,"老板,有灯吗? 点个火吧。"这老人才站起来,从灶边取了一根一端已经烧着的油松树枝子,在空中划着,借着这个微薄闪动的火光去找取屋角的油瓶。因为这人近来一到夜时就睡觉,不用灯火也有好几个月了。找着了贮桐油的小瓶,把油倒在灯盏里去后，他就把这个燃好的灯，放到灶头上预备炒菜。

吃过晚饭后，这老人就在锅里洗碗，两个商人坐在灶口前，用干松枝塞到灶肚里去，望到那些松枝着火时，訇然一轰的情形，觉得十分快乐。

到后，洗完了碗，只一会儿，老头子就说，应当去看看睡处，若客人不睡，他想先睡。

把住处看好后，两个商人仍然坐在灶边小凳子上，称赞这个老年人的干净，以为想不到床铺比别处大店里还好。

老人说是要睡，已走到他自己那个用木头隔开的一间房里睡去了。不过一会儿，这人却又走出来，说是不想就睡，傍到两个商人一同在灶边坐下了。

几个人谈起话来，他们问他有六十几，他说应当再加十岁去猜。他们又问他住到这里有了多久，他说，并不多久，只二三十年。他们问他还有多少亲戚，在些什么地方，他就像为哄骗自己原因的样子，把一些多年来已经毫无消息了的亲戚，一一的数着，且告诉他们，这些人在什么地方，做些什么事。他们问他那个上云南做生意的儿子，什么时候回来看他一次，他打量了一下，就说："冬天过年来过一次，还送了他云南出的大头菜。"

说了许多他自己都不甚明白的话，自己为什么有那么多话可说，使他自己也觉得今天有点奇怪。平常他就从没有想到那些亲戚熟人，也从不想到同谁去谈这些事，但今天很显然的，是不必谈到的也谈到，而且近于自慰的谎话也说得很多了。到后，商人中那个年长的，提议要睡了，这侄儿却以为时间还太早了一点，托故他还不消化，要再缓一点。因此年长商人睡后，年轻商人还坐到那条板凳上，又同老头子谈了许久闲话。

到末了，这年轻商人也睡去了，老头子一面答应着明天早早的喊叫客人，一面还是坐在灶边，望着灶口的闪烁火光，不即起身。

第二天天明以后，他们起来时，屋子还黑黑的，到灶边去找火媒燃灯，稀奇得很，怎么老板还坐在那凳上，什么话也不说。开了大门再看看，才知道原来这人半夜里死了。

37

这两个商人到后自然又上路了。他们已经跑到邻近小村子里，把这件事告给了村子里人，且在住宿应给的数目以外，另外加了一点钱。那么老了一个孤人，自然也很应当死掉了，如今恰恰在这一天死去，幸好有个人知道，不然死后到全身爬得是蛆时，还恐怕不会被人发现。乡下人那么打算着，这两个商人，自然就不会再有什么理由被人留难了。在路上，他们又还有路上的其他新事情，使他们很自然的也就忘掉那件事了。

他们在路上，在雨后崩坍的土坎旁，新的翻起的土堆上，发现印有巨大的山猫的脚迹，知道白天这地方是人走的路，晚上却是别的东西走的路，望了一会儿，估计了一下那脚迹的大小，过身了。

在什么树林子里，还会出人意外发现一个稀奇的东西，悬在迎面的大树枝桠上，这用绳索兜好的人头，为长久雨水所淋，失去一个人头原来的式样，有时非常像一个女人的头。但任何人看看，因为同时想起这人就是先一时在此地抢劫商人的强盗，所以各存戒心，默默的又走开了。

路旁有时躺得有死人，商人模样或军人模样，为什么原因，在什么时候死到这里，无人过问，也无人敢去掩埋。依然是默默的看看，又默默的走开了。

在这条官路上，有时还可碰到二十三十的兵士，或者什么县里的警备队，穿了不很整齐的军服，各把长矛子同发锈的快枪扛到肩膀上，押解了一些满脸菜色受伤了的人走着。同时还有些一眼看来尚未成年的小孩子，用稻草扎成小兜，装着四个或两个血淋淋的人头，用桑木扁担挑着，若商人懂得规矩，不必去看那人头，也就可以知道那些头颅就是小孩的父兄，或者是这些俘虏的伙伴。有时这些奏凯而还的武士，还牵得有极膘壮的耕牛，挑得有别的家里杂用东西。这些兵士从什么地方来，到什么地方去，奉谁的命令，杀了那么多人，从什么聪明人领教学得把人家父兄的头割下后，却留下一个活的来服务？这都像早已成为一种习惯，真实情形谁也不明白，也不必须过问的。

商人在路上所见的虽多，他们却只应当记下一件事，是到地时怎样多赚点钱。因为这个理由，所以他们同税局的稽查验票人，在某一种利益相通的事情上，好像就有一种稀奇的"友谊"或谅解必须成立。如何达到目的，一个商人常常在路上也很费思索的。

一九三一年十月十日

简析

  《黔小景》写于 1931 年，收在短篇小说集《虎雏》里。这是一篇散文化倾向十分鲜明的短篇小说。小说中的景物描写，看似信手拈来，实为着意点染，处处渗透着悲凉的气氛。读完小说，伏案深思，悲哀像一层浓雾慢慢地向你袭来，挥之不去。作者通过许多小站上客舍的热闹与孤单客栈的冷落形成鲜明的对比，烘托出老人的孤独和寂寞，让我们看到了个人生命的悲哀；通过商人和邻村人对老人的死的平淡反应，写出了人情的冷漠，让我们看到了民族的悲哀；商人上路后对残酷景象的习以为常，让我们看到了社会的悲哀。悲哀的罪魁祸首就是麻木的人性。沈从文通过《黔小景》把湘西人民麻木、隐忍的人性弱点刻画得淋漓尽致。

静

　　春天日子是长极了的。长长的白日，一个小城中，老年人不向太阳取暖就是打瞌睡，少年人无事作时皆在晒楼或空坪里放风筝。天上白白的日头慢慢的移着，云影慢慢的移着，什么人家的风筝脱线了，各处便都有人仰了头望到天空，小孩子都大声乱嚷，手脚齐动，盼望到这无主风筝，落在自己家中的天井里。

　　女孩子岳珉年纪约十四岁左右，有一张营养不良的小小白脸，穿着新上身不久长可齐膝的蓝布袍子，正在后楼屋顶晒台上，望到一个从城里不知谁处飘来的脱线风筝，在头上高空里斜斜的溜过去，眼看到那线脚曳在屋瓦上，隔壁人家晒台上，有一个胖胖的妇人，正在用晾衣竹竿乱捞。身后楼梯有小小声音，一个男小孩子，手脚齐用的爬着楼梯，不一会，小小的头颅就在楼口边出现了。小孩子怯怯的，贼一样的，转动两个活泼的眼睛，不即上来，轻轻地喊女孩子。

　　"小姨，小姨，婆婆睡了，我上来一会儿好不好？"

　　女孩子听到声音，忙回过头去。望到小孩子就轻轻地骂着，"北生，你该打，怎么又上来？等会儿你姆妈就回来了，不怕骂吗？"

　　"玩一会儿。你莫声。婆婆睡了！"小孩重复的说着，神气十分柔和。

　　女孩子皱着眉吓了他一下，便走过去，把小孩援上晒楼了。

　　这晒楼原如这小城里所有平常晒楼一样，是用一些木枋，疏疏的排列到一个木架上，且多数是上了点年纪的。上了晒楼，两人倚在朽烂发霉摇摇欲坠的栏杆旁，数天上的大小风筝。晒楼下面是斜斜的屋顶，屋瓦疏疏落落，有些地方经过几天春雨，都长了绿色霉苔。屋顶接连屋顶，晒楼左右全是别人家的晒楼。有晒衣服被单的，把竹竿撑得高高的，在微风中飘飘如旗帜。晒楼前面是石头城墙，可以望到城墙上石罅里植根新发芽的葡萄藤。晒楼后面是一道小河，河水又清又软，很温柔的流着，河对面有一个大坪，绿得同一块大毡茵一样，上面还绣得有各样颜色的花朵。大坪尽头远处，可以看到好些菜园同一个小庙。菜园篱笆旁的桃花，同庵堂里几株桃花，正开得十分热闹。

日头十分温暖，景象极其沉静，两个人一句话不说，望了一会天上，又望了一会河水。河水不像早晚那么绿，有些地方似乎是蓝色，有些地方又为日光照成一片银色。对岸那块大坪，有几处种得有油菜，菜花黄澄澄的如金子。另外草地上，有从城里染坊中人晒得许多白布，长长的卧着，用大石块压着两端。坪里也有三个人坐在大石头上放风筝，其中一个小孩，吹一个芦管唢呐吹各样送亲嫁女的调子。另外还有三匹白马，两匹黄马，没有人照料，在那里吃草，从从容容，一面低头吃草一面散步。

小孩北生望到有两匹马跑了，就狂喜地喊着："小姨，小姨，你看！"小姨望了他一眼，用手指指楼下，这小孩子懂事，恐怕下面知道，赶忙把自己手掌掩到自己的嘴唇，望望小姨，摇了一摇那颗小小的头颅，意思像在说："莫说，莫说。"

两个人望到马，望到青草，望到一切，小孩子快乐得如痴，女孩子似乎想到很远的一些别的东西。

他们是逃难来的，这地方并不是家乡，也不是所要到的地方。母亲，大嫂，姐姐，姐姐的儿子北生，小丫头翠云一群人中，就只五岁大的北生是男子。糊糊涂涂坐了十四天小小篷船，船到了这里以后，应当换轮船了，一打听各处，才知道××城还在被围，过上海或过南京的船车全已不能开行。到此地以后，证明了从上面听来的消息不确实。既然不能通过，回去也不是很容易的，因此照妈妈的主张，就找寻了这样一间屋子权且居住下来，打发随来的兵士过宜昌，去信给北京同上海，等候各

方面的回信。在此住下后，妈妈同嫂嫂只盼望宜昌有人来，姐姐只盼望北京的信，女孩岳珉便想到上海一切。她只希望上海先有信来，因此才好读书。若过宜昌同爸爸住，爸爸是一个军部的军事代表。哥哥也是个军官，不如过上海同教书的二哥同住。可是××一个月了还打不下。谁敢说定，什么时候才能通行？几个人住此已经有四十天了，每天总是要小丫头翠云做伴，跑到城门口那家本地报馆门前去看报，看了报后又赶回来，将一切报上消息，告给母亲同姐姐。几人就从这些消息上，找出可安慰的理由来，或者互相谈到晚上各人所做的好梦，从各样梦里，卜取一切不可期待的佳兆。母亲原是一个多病的人，到此一月来各处还无回信，路费剩下来的已有限得很，身体原来就很坏，加之路上又十分辛苦，自然就更坏了。女孩岳珉常常就想到："再有半个月不行，我就进党务学校去也好吧。"那时党务学校，十四岁的女孩子的确是很多的。一个上校的女儿有什么不合式？一进去不必花一个钱，六个月毕业后，派到各处去服务，还有五十块钱的月薪。这些事情，自然也是这个女孩子，从报纸上看来，保留到心里的。

正想到党务学校的章程，同自己未来的运数，小孩北生耳朵很聪锐，因恐怕外婆醒后知道了自己私自上楼的事，又说会掉到水沟里折断小手，已听到了楼下外婆咳嗽，就牵小姨的衣角，轻声的说："小姨，你让我下去，大婆醒了！"原来这小孩子一个人爬上楼梯以后，下楼时就不知道怎么办的。

女孩岳珉把小孩子送下楼以后，看到小丫头翠云正在天井洗衣，也就蹲到盆边去搓了两下，觉得没什么趣味，就说："翠云，我为你楼上去晒衣罢。"拿了些扭干了水的湿衣，又上了晒楼。一会儿，把衣就晾好了。

这河中因为去桥较远，为了方便，还有一只渡船，这渡船宽宽的如一条板凳，懒懒的搁在滩上。可是路不当冲，这只渡船除了染坊中人晒布，同一些工人过河挑黄土，用得着它以外，常常半天就不见一个人过渡。守渡船的人，这时正躺在大坪中大石块上睡觉。那船在太阳下，灰白憔悴，也如十分无聊十分倦怠的样子，浮在水面上，慢慢的在微风里滑动。

"为什么这样清静？"女孩岳珉心里想着。这时节，对河远处却正有制船工人，用钉锤敲打船舷，发出砰砰庞庞的声音。还有卖针线飘乡的人，在对河小村镇上，摇动小鼓的声音。声音不断的在空气中荡漾，正因为这些声音，却反而使人觉得更加分外寂静。

过一会，从里边有桃花树的小庵堂里，出来了一个小尼姑，戴黑色僧帽，穿灰色僧衣，手上提了一个篮子，扬长的越过大坪向河边走来。这小尼姑走到河边，便停在渡船上面一点，蹲在一块石头上，慢慢的卷起衣袖，各处望了一会，又望了一阵天上的风筝，才从容不迫的，从提篮里取出一大束青菜，一一的拿到面前，在流水里乱摇乱摆。因此一来，河水便发亮的滑动不止。又过一会，从城边岸上来了一个乡下妇人，在这边岸上，喊叫过渡，渡船夫上船抽了好一会篙子，才把船撑过河，把妇人渡过对岸，不知为什么事情，这船夫像吵架似的，大声地说了一些话，那妇人一句话不说就走去了。跟着不久，又有三个挑空箩筐的男子，从近城这边岸上唤渡，船夫照样缓缓的撑着竹篙，这一次那三个乡下人，为了一件事，互相在船上吵着，划船的可一句话不说，一摆到了岸，就把篙子钉在沙里。不久那六只箩筐，就排成一线，消失到大坪尽头去了。

洗菜的小尼姑那时也把菜洗好了，正在用一段木杵，捣一块布或是件衣裳，捣了几下，又把它放在水中去拖摆几下，于是再提起来用力捣着。木杵声音印在城墙上，回声也一下一下的响着。这尼姑到后大约也觉得这回声很有趣了，就停顿了工作，尖锐的喊叫"四林，四林"，那边也便应着"四林，四林"。再过不久，庵堂那边也有女人锐声地喊着"四林，四林"，且说些别的话语，大约是问她事情做完了没有。原来这就是小尼姑自己的名字！这小尼姑事做完了，水边也玩厌了，便提了篮子，故意从白布上面，横横的越过去，踏到那些空处，走回去了。

小尼姑走后，女孩岳珉望到河中水面上，有几片菜叶浮着，傍到渡船缓缓的动着，心里就想起刚才那小尼姑十分快乐的样子。"小尼姑这时一定在庵堂里把衣晾上竹竿了！……一定在那桃花树下为老师傅捶背！……一定一面口中念佛，一面就用手

逗身旁的小猫玩！……"想起许多事都觉得十分可笑，就微笑着，也学到低低的喊着"四林，四林"。

过了一会。想起这小尼姑的快乐，想起河里的水，远处的花，天上的云，以及屋里母亲的病，这女孩子，不知不觉又有点寂寞起来了。

她记起了早上喜鹊，在晒楼上叫了许久，心想每天这时候送信的都来送信，不如下去看看，是不是上海来了信。走到楼梯边，就见到小孩北生正轻脚轻手，第二回爬上最低那一级梯子。

"北生你这孩子，不要再上来了呀！"

下楼后，北生把女孩岳珉拉着，要她把头低下，耳朵俯就到他小口，细声细气的说："小姨，大婆吐那个……"

到房里去时，看到躺在床上的母亲，静静的如一个死人，很柔弱很安静的呼吸着，又瘦又狭的脸上，为一种疲劳忧愁所笼罩。母亲像是已醒过一会儿了，一听到有人在房中走路，就睁开了眼睛。

"珉珉你为我看看，热水瓶里的水还剩多少？"

一面为病人倒出热水调和库阿可斯，一面望到母亲日益消瘦下去的脸，同那个小小的鼻子，女孩岳珉说："妈，妈，天气好极了，晒楼上望到对河那小庵堂里桃花，今天已全开了。"

病人不说什么，微微的笑着。想到刚才咳出的血，伸出自己那只瘦瘦的手来，摸了摸自己的额头，自言自语的说着，我不发烧。说了又望到女孩温柔的微笑着。那种笑是那么动人怜悯的，使女孩岳珉低低的嘘了一口气。

"你咳嗽不好一点吗？"

"好了好了，不要紧的，人不吃亏。早上吃鱼，喉头稍稍有点火，不要紧的。"

这样问答着，女孩便想走过去，看看枕边那个小小痰盂。病人明白那个意思了，就说："没有什么。"又说："珉珉你站到莫动，我看看，这个月你又长高了！"

女孩岳珉害羞似的笑着，"我不像竹子罢，妈妈。我担心得很，人太长高了要笑人的！"

静了一会，母亲记起什么了。

"珉珉我做了个好梦，梦到我们已经上了船，三等舱里人挤得不成样子。"

其实这梦还是病人捏造的，因为记忆力乱乱的，故第二次又来说着。

女孩岳珉望到母亲同蜡做成一样的小脸，就勉强笑着，"我昨晚当真梦到大船，还梦到三毛老表来接我们，又觉得他是福禄旅馆接客的招待，送我们每一个人一本旅行指南。今早上喜鹊叫了半天，我们算算看，今天会不会有信来。"

"今天不来明天应来了！"

"说不定自己会来！"

"报上不是说过，十三师在宜昌要调动吗？"

"爸爸莫非已动身了！"

"要来，应当先有电报来！"

两人故意这样乐观的说着，互相哄着对面那一个人，口上虽那么说着，女孩岳珉心里却那么想着："妈妈病怎么办？"病人自己也心里想着："这样病下去真糟。"

姐姐同嫂嫂，从城北卜课回来了，两人正在天井里悄悄的说着话。女孩岳珉便站到房门边去，装成快乐的声音："姐姐，大嫂，先前有一个风筝断了线，线头搭在瓦上曳过去，隔壁那个妇人，用竹竿捞不着，打破了许多瓦，真好笑！"

姐姐说："北生你一定又同小姨上晒楼了，不小心，把脚摔断，将来成跛子！"

小孩北生正蹲到翠云身边，听姆妈说到他，不敢回答，只偷偷的望到小姨笑着。

女孩岳珉一面向北生微笑，一面便走过天井，拉了姐姐往厨房那边走去，低声的说："姐姐，看样子，妈又吐了！"

姐姐说："怎么办？北京应当来信了！"

"你们抽的签？"

姐姐一面取那签上的字条给女孩，一面向蹲在地下的北生招手，小孩走过身边来，把两只手围抱着他母亲，"娘，娘，大婆又咯咯的吐了，她收到枕头下！"

姐姐说："北生我告你，不许到婆婆房里去闹，知道么？"

小孩很懂事的说："我知道。"又说："娘，娘，对河桃花全开了，你让小姨带我上晒楼玩一会儿，我不吵闹。"

姐姐装成生气的样子，"不许上去，落了多久雨，上面滑得很！"又说："到你小房里玩去，你上楼，大婆要骂小姨！"

这小孩走过小姨身边去，捏了一下小姨的手，乖乖的到他自己小卧房去了。

那时翠云丫头已经把衣搓好了，且用清水荡过了，女孩岳珉便为扭衣裳的水，一面做事一面说："翠云，我们以后到河里去洗衣，可方便多了！过渡船到对河去，一个人也不有，不怕什么罢。"翠云丫头不说什么，脸儿红红的，只是低头笑着。

病人在房里咳嗽不止，姐姐同大嫂便进去了，翠云把衣扭好了，便预备上楼。女孩岳珉在天井中看了一会日影，走到病人房门口望望。只见到大嫂正在裁纸，大姐坐在床边，想检查那小痰盂，母亲先是不允许，用手拦阻，后来大姐仍然见到了，只是摇头。可是三个人皆勉强的笑着，且故意想从别一件事上，解除一下当前的悲戚处，于是说到一个很久远的故事。到后三人又商量到写信打电报的事情。女孩岳珉不知为什么，心里尽是酸酸的，站在天井里，同谁生气似的，红了眼睛，咬着嘴唇。过一阵，听到翠云丫头在晒楼说话：

"珉小姐，珉小姐，你上来，看新娘子骑马，快要过渡了！"
又过一阵，翠云丫头于是又说：

"看呀，看呀，快来看呀，一个一块瓦的大风筝跑了，快来，快来，就在头上，我们捉它！"

女孩岳珉抬起来了头，果然从天井里也可以望到一个高高的风筝，如同一个吃醉了酒的巡警神气，偏偏斜斜的滑过去，隐隐约约还看到一截白线，很长的在空中摇摆。

也不是为看风筝，也不是为看新娘子，等到翠云下晒楼以后，女孩岳珉仍然上了晒楼了。上了晒楼，仍然在栏杆边傍着，眺望到一切远处近处，心里慢慢的就平静了。后来看到染坊中人在大坪里收拾布匹，把整匹白布折成豆腐干形式，一方一方摆在草上，看到尼姑庵里瓦上有烟子，各处远近人家也都有了烟子，她才离开晒楼。

下楼后，向病人房门边张望了一下，母亲同姐姐三人都在床上睡着了。再到小孩北生小房里去看看，北生不知在什么时节，也坐在地下小绒狗旁睡着了。走到厨房去，翠云丫头正在灶口边板凳上，偷偷地用无敌牌牙粉，当成水粉擦脸。女孩岳珉似乎恐怕惊动了这丫头的神气，赶忙走过天井中心去。

这时听到隔壁有人拍门，有人互相问答说话。女孩岳珉心里很稀奇的想到："谁在问谁？莫非爸爸同哥哥来了，在门前问门牌号数罢？"这样想到，心便骤然跳跃起来，忙匆匆的走到二门边去，只等候有什么人拍门拉铃子，就一定是远处来的人了。

可是，过一会儿，一切又都寂静了。

女孩岳珉便不知所谓的微微的笑着。日影斜斜的，把屋角同晒楼柱头的影子，映到天井角上，恰恰如另外一个地方，竖立在她们所等候的那个爸爸坟上一面纸制的旗帜。

（萌妹述，为纪念姐姐亡儿北生而作。）

一九三二年三月作

♫ 简析

《静》是一篇文体混杂的作品，半篇是散文，半篇是小说。作者通过一个十四岁小女孩岳珉的眼，以精美华丽的散文语言，向读者展示了无名小城静美的风光。但在这美景之中却嵌入岳珉和她一家的凄惨命运。作者用春天的美景来反衬战争与死亡的恐怖，用安静来表现动乱，让人们痛恨战争，渴望和平。沈从文把静谧的春景与岳珉一家的不幸编织在一起，作品中融合着散文的精致和小说的粗犷，在二者的交融中寻找一方生存净土——和平、安静，如桃源般的"小城"。

月下小景
——新十日谈之序曲

初八的月亮圆了一半，很早就悬到天空中。傍了××省边境由南而北的横断山脉长岭脚下，有一些为人类所疏忽历史所遗忘的残余种族聚集的山寨。他们用另一种言语，用另一种习惯，用另一种梦，生活到这个世界一隅，已经有了许多年。当这松杉挺茂嘉树四合的山寨，以及寨前大地平原，整个为黄昏占领了以后，从山头那个青石碉堡向下望去，月光淡淡的洒满了各处，如一首富于光色和谐雅丽的诗歌。山寨中，树林角上，平田的一隅，各处有新收的稻草积，以及白木做成的谷仓。各处有火光，飘扬着快乐的火焰，且隐隐的听得着人语声，望得着火光附近有人影走动。官道上有马项铃清亮细碎的声音，有牛项下铜铎沉静庄严的声音。从田中回去的种田人，从乡场上回家的小商人，家中莫不有一个温和的脸儿等候在大门外，厨房中莫不预备得有热腾腾的饭菜与用瓦罐炖热的烧酒。

薄暮的空气极其温柔，微风摇荡大气中，有稻草香味，有烂熟了山果香味，有甲虫类气味，有泥土气味。一切在成熟，在开始结束一个夏天阳光雨露所及长养生成的一切。一切光景具有一种节日的欢乐情调。

柔软的白白月光，给位置在山岨上石头碉堡画出一个明明朗朗的轮廓，碉堡影子横卧在斜坡间，如同一个巨人的影子。碉堡缺口处，迎月光的一面，倚着本乡寨主的独生儿子傩佑；

傩神所保佑的儿子，身体靠定石墙，眺望那半规新月，微笑着思索人生苦乐。

"……人实在值得活下去，因为一切那么有意思，人与人的战争，心与心的战争，到结果皆那么有意思。无怪乎本族人有英雄追赶日月的故事，因为日月若可以请求，要它们停顿在哪儿时，它们便停顿，那就更有意思了。"

这故事是这样的：第一个××人，用了他武力同智慧得到人世一切幸福时，他还觉得不足，贪婪的心同天赋的力，使他勇往直前去追赶日头，找寻月亮，想征服主管这些东西的神，勒迫它们在有爱情和幸福的人方面，把日子去得慢一点，在失去了爱心为忧愁失望所啮蚀的人方面，把日子又去得快一点。结果这贪婪的人虽追上了日头，因为日头的热所烤炙，在西方大泽中就渴死了。至于日月呢，虽知道了这是人类的欲望，却只是万物中之一的欲望，故不理会。因为神是正直的，不阿其所私的，人在世界上并不是唯一的主人，日月不单为人类而有。日头为了给一切生物的热和力，月亮却为了给一切虫类唱歌和休息，用这种歌声与银白光色安息劳碌的大地。日月虽仍然若无其事的照耀着整个世界，看着人类的忧乐，看着美丽的变成丑恶，又看着丑恶的称为美丽；但人类太进步了一点，比一切生物智慧较高，也比一切生物更不道德。既不能用严寒酷热来困苦人类，又不能不将日月照及人类，故同另一主宰人类心之创造的神，想出了一点方法，就是使此后快乐的人越觉得日子太短，使此后忧愁的人越觉得日子过长。人类既然凭感觉来生活，就在感觉上加给人类一种处罚。

这故事有作为月神与恶魔商量结果的传说，就因为恶魔是在夜间出世的。人都相信这是月亮作成的事，与日头毫无关系。凡一切人讨论光阴去得太快或太慢时，却常常那么诅咒："日子，滚你的去吧。"痛恨日头而不憎恶月亮。土人的解释，则为人类性格中，慢慢的已经神性渐少，恶性渐多。另外就是月光较温柔，和平，给人以智慧的冷静的光，却不给人以坦白直率的热，因此普遍生物都欢喜月光，人类中却常常诅咒日头。约会恋人的，走夜路的，做夜工的，皆觉得月光比日光较好。在人类中讨厌

月光的只是盗贼，本地土人中却无盗贼，也缺少这个名词。

这时节，这一个年纪还刚满二十一岁的寨主独生子，由于本身的健康，以及从另一方面所获得的幸福，对头上的月光正满意的会心微笑，似乎月光也正对了他微笑。傍近他身边，有一堆白色东西。这是一个女孩子，把她那长发散乱的美丽头颅，靠在这年轻人的大腿上，把它当做枕头安静无声的睡着。女孩子一张小小的尖尖的白脸，似乎被月光漂过的大理石，又似乎月光本身。一头黑发，如同用冬天的黑夜作为材料，由盘踞在山洞中的女妖亲手纺成的细纱。眼睛，鼻子，耳朵，同那一张产生幸福的泉源的小口，以及颊边微妙圆形的小涡，如本地人所说的藏吻之巢窝，无一处不见得是神所着意成就的工作。一微笑，一眏眼，一转侧，都有一种神性存乎其间。神同魔鬼合作创造了这样一个女人，也得用侍候神同对付魔鬼的两种方法来侍候她，才不委屈这个生物。

女人正安安静静地躺在他的身边，一堆白色衣裙遮盖到那个修长丰满柔软温香的身体，这身体在年轻人记忆中，仿佛是用白玉、奶酥、果子同香花调和削筑成就的东西。两人白日里来到这里，女孩子在日光下唱歌，在黄昏里和落日一同休息，现在又快要同新月一样苏醒了。

一派清光洒在两人身上，温柔的抚摩着睡眠者的全身，山坡下是一部草虫清音繁复的合奏。天上的那规新月，似乎在空中停顿着，长久还不移动。

幸福使这个孩子轻轻地叹息了。

他把头低下去，轻轻地吻了一下那用黑夜搓成的头发，接近那魔鬼手段所成就的东西。

远处有吹芦管的声音，有唱歌声音。身近旁有斑背萤，带了小小火把，沿了碉堡巡行，如同引导得有小仙人来参观这古堡的神气。

当地年轻人中唱歌高手的傩佑，唯恐惊了女人，惊了萤火，轻轻地轻轻地唱：

　　龙应当藏在云里，

50

你应当藏在心里。

女孩子在迷胡梦里把头略略转动了一下，在梦里回答着：

我灵魂如一面旗帜，
你好听歌声如温柔的风。

他以为女孩子已醒了，但听下去，女人把头偏向月光又睡去了。于是又接着轻轻地唱道：

人人说我歌声有毒，
一首歌也不过如一升酒使人沉醉一天，
你那敷了蜂蜜的言语，
一个字也可以在我心上甜香一年。

女孩子仍然闭了眼睛在梦中答着：

不要冬天的风，不要海上的风，
这旗帜受不住狂暴大风。
请轻轻地吹，轻轻地吹，
（吹春天的风，温柔的风，）
把花吹开，不要把花吹落。

小寨主明白了自己的歌声可作为女孩子灵魂安宁的摇篮，故又接着轻轻地唱道：

有翅膀鸟虽然可以飞上天空，
没有翅膀的我却可以飞入你的心里。
我不必问什么地方是天堂，
我业已坐在天堂门边。

女孩又唱：

身体要用极强健的臂膀搂抱，
灵魂要用极温柔的歌声搂抱。

寨主的独生子傩佑，想了一想，在脑中搜索话语，如同宝石商人在口袋中搜索宝石。口袋中充满了放光炫目的珠玉奇宝，却因为数量太多了一点，反而选不出那自以为极好的一粒，因此似乎受了一点儿窘。他觉得神只创造美和爱，却由人来创造赞誉这神工的言语。向美说一句话，为爱下一个注解，要适当合宜，不走失感觉所及的式样，不是一个平常人的能力所能企及。

"这女孩子值得用龙朱的爱情装饰她的身体，用龙朱的诗歌装饰她的人格。"他想到这里时，觉得有点惭愧了，口吃了，不敢再唱下去了。

歌声作了女孩子睡眠的摇篮，所以这女孩子才在半醒后重复入梦，歌声停止后，她也就惊醒了。

他见到女孩子醒来时，就装作自己还在睡眠，闭了眼睛。女孩从日头落下时睡到现在，精神已完全恢复过来，看男子还依靠石墙睡着，担心石头太冷，把白羊毛披肩搭到男子身上去后，傍了男子靠着。记起睡时满天的红霞，望到头上的新月，便轻轻地唱着，如母亲唱给小宝宝听的催眠歌。

睡时用明霞作被，
醒来用月儿点灯。

寨主独生子咻的笑了。

四只放光的眼睛互相瞅着，各安置一个微笑在嘴角上，微笑里却写着白日两个人的一切行为。两人似乎皆略略为先前一时那点回忆所羞了，就各自向身旁那一个紧紧地挤了一下，重新交换了一个微笑。两人发现了对方脸上的月光那么苍白，于是齐向天上所悬的半规新月望去。

远远的有一派角声与锣鼓声，为田户巫师禳土酬神所在处，两人追寻这快乐声音的方向，于是向山下远处望去。远处有一条河。

"没有船舶不能过河，没有爱情如何过这一生？"

"我不会在那条小河里沉溺，我只会在你这小口上沉溺。"

两人意思仍然写在一种微笑里，用的是那么暧昧神秘的符号，却使对面一个从这微笑里明明白白，毫不含糊。远处那条长河，在月光下蜿蜒如一条带子，白白的水光，薄薄的雾，增加了两人心上的温暖。

女孩子说到她梦里所听的歌声，以及自己所唱的歌，还以为他们两人都在梦里。经小寨主把刚才的情形说明白时，两人笑了许久。

女孩子天真如春风，快乐如小猫，长长的睡眠把白日的疲倦完全恢复过来，因此在月光下，显得如一尾鱼在急流清溪里，十分活泼。

只想说话。那些远无边际的，与梦无异的，年轻情人在狂热中所能说的糊涂话蠢话，完全说到了。

小寨主说：

"不要说话，让我好在所有的言语里，找寻赞美你眉毛头发美丽处的言语！"

"说话呢，是不是就妨碍了你的谄谀？一个有天分的人，就是谄谀也显得不缺少天分！"

"神是不说话的。你不说话时像……"

"还是做人好！你的歌中也提到做人的好处！我们来活活泼泼的做人，这才有意思！"

"我以为你不说话就像何仙姑的亲姊妹了。我希望你比你那两个姐姐还稍呆笨一点。因为得呆笨一点，我的言语字汇里，才有可以形容你高贵处的文字。"

"可是，你曾同我说过，你也希望你那只猎狗敏捷一点。"

"我希望它灵活敏捷一点，为的是在山上找寻你比较方便，为我带信给你时也比较妥当一点。"

"希望我笨一点，是不是也如同你希望羚羊稍笨一样，好让你嗾使那只猎狗追我时，不至于使我逃脱？"

"好的音乐常常是复音，你不妨再说一句。"

"我记得到你也希望羚羊稍笨过。"

"羚羊稍笨一点，我的猎狗才可以赶上它，把它捉回来送你。你稍笨一点，我才有相当的话颂扬你！"

"你口中体面话够多了。你说说你那些感觉给我听听。说谎若比真实更美丽，我愿意听你的谎话。"

"你占领我心上的空间，如同黑夜占领地面一样。"

"月亮起来时，黑暗不是就只占领地面空间很小很小一部分了吗？"

"月亮照不到人心上的。"

"那我给你的应当也是黑暗了。"

"你给我的是光明，但是一种炫目的光明，如日头似的逼人熠耀。你使我糊涂。你使我卑陋。"

"其实你是透明的，从你选择谄谀时，证明你的心现在还是透明的。"

"清水里不能养鱼，透明的心也一定不能积存辞藻。"

"江中的水永远流不完，心中的话永远说不完。不要说了，一张口不完全是说话用的！"

两人为嘴唇找寻了另外一种用处，沉默了一会。两颗心同一的跳跃，望着做梦一般月下的长岭，大河，寨堡，田坪。芦笙声音似乎为月光所湿，音调更低郁沉重了一点。寨中的角楼，第二次擂了转更鼓。女孩子听到时，忽然记起了一件事。把小寨主那颗年轻聪慧的头颅捧到手上，眼眉口鼻吻了好些次数，向小寨主摇摇头，无可奈何低低的叹了一声气，把两只手举起，跪在小寨主面前，来梳理头上散乱了的发辫，意思想站起来，预备要走了。

小寨主明白那意思了，就抱了女孩子，不许她站起身来。

"多少萤火虫还知道打了小小火炬游玩，你忙些什么？走到什么地方去？"

"一颗流星自有它来去的方向，我有我的去处。"

"宝贝应当收藏在宝库里，你应当收藏在爱你的那个人家里。"

"美的都用不着家：流星，落花，萤火，最会鸣叫的蓝头红嘴绿翅膀的王母鸟，也都没有家的。谁见过人蓄养凤凰？谁能束缚月光？"

"狮子应当有它的配偶，把你安顿到我家中去，神也十分同意！"

"神同意的人常常不同意。"

"我爸爸会答应我这件事，因为他爱我。"

"因为我爸爸也爱我，若知道了这件事，会把我照××族人规矩来处置。若我被绳子缚了抛到地眼里去时，那地方接连四十八根箩筐绳子还不能到底，死了做鬼也找不出路来看你，活着做梦也不能辨别方向。"

女孩子是不会说谎的，本族人的习气，女人同第一个男子恋爱，却只许同第二个男子结婚。若违反了这种规矩，常常把女子用一扇小石磨捆到背上，或者沉入潭里，或者抛到地窟窿里。习俗的来源极古，过去一个时节，应当同别的种族一样，有认处女为一种有邪气的东西，地方族长既较开明，巫师又因为多在节欲生活中生活，故执行初夜权的义务，就转为第一个男子的恋爱。第一个男子可以得到女人的贞洁，但因此就不能够永远得到她的爱情。若第一个男子娶了这女人，似乎对于男子也十分不幸。迷信在历史中渐次失去了它本来的意义，习俗却把古代规矩保持了下来。由于××守法的天性，故年轻男女在第一个恋人身上，也从不做那长远的梦。"好花不能长在，明月不能长圆，星子也不能永远放光，"××人歌唱恋爱，因此也多忧郁感伤气氛。常常有人在分手时感到"芝兰不易再开，欢乐不易再来"，两人悄悄逃走的。也有两人携了手，沉默无语一同跳到那些在地面张着大嘴，死去了万年的火山孔穴里去的。再不然，冒险的结了婚，到后被查出来时，就应当把女的向地狱里抛去那个办法了。

当地女孩子因为这方面的习俗无法除去，故一到成年，家庭即不大加以拘束，外乡人来到本地若喜悦了什么女子，使女子献身总十分容易。女孩子明理懂事一点的，一到了成年时，总把自己最初的贞操，稍加选择就付给了一个人，到后来再同自己钟情的男子结婚，男子中明理懂事的，业已爱上某个女子，若知道她还是处女，也将尽这女子先去找寻一个尽义务的爱人，

再来同女子结婚。

但这些魔鬼习俗不是神所同意的。年轻男女所做的事，常常与自然的神意合一，容易违反风俗习惯，女孩子总愿意把自己整个交付给一个所倾心的男孩子，男子到爱了某个女孩时，也总愿意把整个的自己换回整个的女子。风俗习惯下虽附加了一种严酷的法律，在这法律下牺牲的仍常常有人。

女孩子遇到了这寨主独生子，自从春天山坡上黄色棣棠花开放时，即被这男子温柔缠绵的歌声与超人壮丽华美的四肢所征服后，一直延长到秋天，还极纯洁的在一种节制的友谊中恋爱着。为了狂热的爱，且在这种有节制的爱情中，两人皆似乎不需要结婚，两人中谁也不想到照习惯先把贞操给一个人蹂躏后再来结婚。

但到了秋天，一切皆在成熟，悬在树上的果子落了地，谷米上了仓，秋鸡伏了卵，大自然为点缀了这大地一年来的忙碌，还在天空中涂抹了些无比华丽的色泽，使溪涧澄清，空气温暖而香甜，且装饰了遍地的黄花，以及在草木枝叶间敷上与云霞同样的炫目颜色。一切皆布置妥当以后，便应轮到人的事情了。

秋成熟了一切，也成熟了两个年轻人的爱情。

两人同往常任何一天相似：在约定的中午以后，在这个青石砌成的古碉堡上见面了。两人共同采了无数野花铺到所坐的大青石板上，并肩的坐在那里。山坡上开遍了各样草花，各处是小小蝴蝶，似乎向每一朵花皆悄悄嘱咐了一句话。向山坡下望去，入目远近都异常恬静美丽。长岭上有割草人的歌声，村寨中有为新生小犊作栅栏的斧斤声，平田中有拾穗打禾人快乐的吵骂声。天空中白云缓缓的移，从从容容的流动，透蓝的天底，一阵候鸟在高空排成一线飞过去了，接着又是一阵。

两个年轻人用山果山泉充了口腹的饥渴，用言语微笑喂着灵魂的饥渴。对日光所及的一切唱了上千首的歌，说了上万句的话。

日头向西掷去，两人对于生命感觉到一点点说不分明的缺处。黄昏将近以前，山坡下小牛的鸣声，使两人的心皆发了抖。

神的意思不能同习惯相合，在这时节已不许可人再为任何魔鬼做成的习俗加以行为的限制。理知即或是聪明的，理知也毫无用处。两人皆在忘我行为中，失去了一切节制约束行为的能力，各在新的形势下，得到了对方的力，得到了对方的爱，得到了把另一个灵魂互相交换移入自己心中深处的满足。到后来，于是两个人皆在战栗中昏迷了，暗哑了，沉默了，幸福把两个年轻人在同一行为上皆弄得十分疲倦终于两人皆睡去了。

男子醒来稍早一点，在回忆幸福里浮沉，却忘了打算未来。女孩子则因为自身是女子，本能的不会忘却××人对于女子违反这习惯的赏罚，故醒来时，也并未打算到这寨主的独生子会要她同回家去。两人的年龄都还只适宜于生活在夏娃亚当所住的乐园里，不应当到这"必需思索明天"的世界中安顿。

但两人业已到了向所生长的一个地方一个种族的习惯负责时节了。

"爱难道是同世界离开的事吗？"新的思索使小寨主在月下沉默如石头。

女孩子见男子不说话了，知道这件事正在苦恼到他，就装成快乐的声音，轻轻地喊他，恳切地求他，在应当快乐时放快乐一点。

　　　××人唱歌的圣手，
　　请你用歌声把天上那一片白云拨开。
　　月亮到应落时就让它落去，
　　现在还得悬在我们头上。

天上的确有一片薄云把月亮遮住了，一切皆朦胧了。两人的心皆比先前黯淡了一些。

寨主独生子说：

我不要日头，可不能没有你。

我不愿做帝称王，却愿为你做奴当差。

女孩子说：

"这世界只许结婚不许恋爱。"

"应当还有一个世界让我们去生存，我们远远的走，向日头

出处远远的走。"

"你不要牛，不要马，不要果园，不要田土，不要狐皮褂子同虎皮坐褥吗？"

"有了你我什么也不要了。你是一切：是光，是热，是泉水，是果子，是宇宙的万有。为了同你接近，我应当同这个世界离开。"

两人就所知道的四方各处想了许久，想不出一个可以容纳两人的地方。南方有汉人的大国，汉人见了他们就当生番杀戮，他不敢向南方走。向西是通过长岭无尽的荒山，虎豹所据的地面，他不敢向西方走。向北是三十万本族人占据的地面，每一个村落皆保持同一魔鬼所颁的法律，对逃亡人可以随意处置。东边是日月所出的地方，日头既那么公正无私，照理说来日头所在处也一定和平正直了。

但一个故事在小寨主的记忆中活起来了，日头曾炙死了第一个××人，自从有这故事以后，××人谁也不敢向东追求习惯以外的生活。××人有一首历史极久的歌，那首歌把求生的人所不可少的欲望，真的生存意义却结束在死亡里，都以为若贪婪这"生"只有"死"才能得到。战胜命运只有死亡，克服一切惟死亡可以办到。最公平的世界不在地面，却在空中与地底；天堂地位有限，地下宽阔无边。地下宽阔公平的理由，在××人看来是相当可靠的，就因为从不听说死人愿意重生，且从不闻死人充满了地下。××人永生的观念，在每一个人心中皆坚实的存在。孤单的死，或因为恐怖不容易找寻他的爱人，有所疑惑，同时去死皆是很平常的事情。

寨主的独生子想到另外一个世界，快乐的微笑了。

他问女孩子，是不是愿意向那个只能走去不再回来的地方施行。

女孩子想了一下，把头仰望那个新从云里出现的月亮。

水是各处可流的，
火是各处可烧的，
月亮是各处可照的，
爱情是各处可到的。

说了，就躺到小寨主的怀里，闭了眼睛，等候男子决定了死的接吻。寨主的独生子，把身上所佩的小刀取出，在镶了宝石的空心刀把上，从那小穴里取出如梧桐子大小的毒药，含放到口里去，让药融化了，就度送了一半到女孩子嘴里去。两人快乐的咽下了那点同命的药，微笑着，睡在业已枯萎了的野花铺就的石床上，等候药力发作。

月儿隐在云里去了。

一九三二年九月写于青岛

简析

《月下小景》是以佛经故事为题材的小说。沈从文用一种清新、活泼的语调书写了一部爱情的悲剧。作品一开始便将人带入一种山明水秀、宁静和平的境域中，美丽的山、温柔的人儿，构成一幅静谧的画面。小说中多次描写的景物是"秋天"、"月亮"。"秋天"象征着成熟、收获，"月亮"象征着温柔、纯洁。在成熟的季节里，主人公傩佑收获了爱情；在充满温柔的月夜，却失去了纯洁的生命，爱情就像流星一样消逝了。然而生命的陨落带来的不是对民族习俗的怨恨，也没有恐惧，反而是一种爱的解脱。他们欢乐、甜蜜地到另一个世界去寻找属于他们的生活。沈从文在这种幻美的画面中，寄托了对原始的人生形式的赞美和对现实生活中丑恶人际关系的否定。

慷慨的王子

　　住宿在金狼旅店，用各种故事打发长夜的一群旅客中，有人说了一个悭吝人的故事。因那故事说来措辞得体，形容尽致，把故事说完时，就得到许多人的赞美。这故事的粗俚处，恰恰同另一位描写诗人故事那点庄严处相对照，其一仿佛用工致笔墨绘的庙堂功臣图，其一仿佛用粗壮笔触作的社会讽刺画，各有动人的风格，各有长处。由于客人赞美的狂热，似乎稍稍逾越这故事价值以外，因此引起了一个珠宝商人的抗议。

　　这珠宝商人生活并不在市侩行业以外，他那眉毛，眼睛，鼻子，口，全个儿身段，以及他同人谈话时节那副带点虚伪做作，带点问价索价的探询神气，皆显见得这人是一个十足的市侩。大凡市侩也有市侩的品德，如同吃教饭人物一样，努力打扮他的外表，顾全面子，永远穿得干干净净。且照例可说聪明解事，一眼望去他知道对你的分寸，有势力的，他常常极其客气，不如他的，他在行动中做得出他比你高一等的样子。他那神气从一个有教养的人看来，常常觉得伧俗刺眼，但在一般人中，他却处处见得精明能干。

　　在长途旅行中，使一个有习好爱体面的人也常常容易马虎成为一个野人，一个囚犯。但这个珠宝商人一到旅店后，就在大木盆里洗了脸，洗了脚，取出一双绣花拖鞋穿上，拿出他假蜜蜡镂银的烟嘴来，一面吸美魔牌香烟，一面找人谈话。在旅客中这个人的行业仿佛高出别人一等，故虽同人谈话，却仍然不忘记自己的尊贵，因此有时正当他同人谈论到各种贵重金属的时价时，便会突然向人说道："八古寨的总爷嫁女，用三斤六两银子作成全副装饰，凤冠上大珠值五十两。"说完时，使用那双略带一点愁容的小小眼睛，瞅定对面那一个，看他知不知道这回事情。对面若是一个花纱商人，或一个飘乡卖卜看相的，这事当然无有不知的道理，就不妨把话继续讨论下去。对面那个若明白了这笔生意就正是这珠宝商人包办的，必定即刻显得客气起来，那自然话也就更多了。若果那一面是一个猎户，是一个烧炭人，平时只知道熏洞装阱，伐树烧山，完全不明白他说话的用意，那分明是两种身份，两个阶级，两样观念，谈话当然也就结束了。于是这珠宝商人便默默的来计算这一个月以来的一切支出收入，且让一个时间空间皆极久远了的传说，占据自己的心胸，温习那个传说，称赞那传说中的人物，且梦想他有一天终会遇到传说中那个王子，发一笔财，聊以自娱。

到金狼旅店的他，今夜里一共听了四个故事，每个故事皆十分平常，也居然得到许多赞美，因此心中不平，要来说说他心中那个传说给众人听听。

他站起身时，用一个乡下所不习见的派头，腰脊微曲，说话以前把脸掉向一旁轻轻地咳了一下，带点装模作样叫卖货物的神气，这神气在另一地方使人觉得好笑，在这里却见得高贵异常。

"人类中悭吝自私固然是一种天性，与之相反那种慷慨大方的品德，这世界上也未常没有。在中国地方，很多年以前，就有尧王让位给许由先生，许先生清高到这种样子，甚至于帝王位置也不屑一顾，以后还逃走到深山中的故事。虽然这些故事为读书人所欢喜说的，年代究竟远了一点，我们既不很清楚当时做帝王的权利义务，说来也不会相信。可是有个现成故事，就差不多同这个一样，那不同处不过尧王让的是一个王位，这人所让的是无数珠宝。"说到这里时，这珠宝商人稍稍停顿了一下，看看有多少人明白他是个珠宝商人。那时有个人正想到他自己名为"宝宝"的殇子，因此低低叹息了一声。商人望了那人一眼，接着便说："不要把王位放在珠宝上面，我敢断定在座诸君，就有轻视王位尊敬珠宝的人在内。不要以为把王位同珠

宝并列，便觉得比拟不伦。我敢说，珠宝比王位应当更受人尊敬与爱重。诸君各处奔走，背乡离井，长途跋涉，寒暑不辞，目的并不是找寻王位，找寻的还是另外那个东西！"

那时节全个屋子里的人出气也很轻微，当珠宝商人把话略略停顿，在沉寂中让各人去反省王位与珠宝在自己生活中所产生的意义时，就只听到屋外的风声同屋中火堆旁的瓦罐水沸声。火堆中的火柴，间或爆起小小火星向某一方向散去时，便可听到一个人把脚匆剧缩开的细微声音。还有一匹灶马，在屋角某处叽叽振翅，但谁也不觉得这东西值得加以注意。

下面就是那珠宝商人所说的故事，为的是故事乃古时的故事，因此这故事也间或夹杂了一些较古的语言，这是记载这个故事的人，对于一些太不明了古文字的读者，应当交代一声请求原谅的。

珠宝比王位可爱从各人心中可以证明。但还有一样东西比珠宝更难得，有人还并王位同珠宝去掉换的，这从下面故事可以证明。

过去时间很久，在中国北方偏西一点，有个国家，名叫叶波。国中有个大王，名叫温波。这个王年轻时节，各处打仗，不知休息，用武力把一切附属部落降伏以后，就在全国中心大都城住下，安富尊荣，打发日子。这国王年纪五十岁时，还无太子，因此按照东方民族作国王的风气，讨取民间女子两万，作为夫人。可是这国王虽有两万年轻夫人，依然没有儿子，这事古怪。

叶波国王同其他地面上国王一样，聪明智慧，全部用到政务方面以后，处置自己私人事情，照例就见得不很高明。虽知道保境息民，抚育万类，可不知道用何聪明方法，就可得一儿子。本国太医进奉种种药方，服用皆无效验。自以为本人既是天子，一切由天做主，故到后这国王听人说及某处高山，有一天神，正直聪明，与人祸福灵应不爽时，就带了一千御林军，用七匹白色公鹿，牵引七辆花车，车中载有最美夫人七位，同往神庙求愿。

国王没有儿子，事不稀奇，由于身住宫中，不常外出，气血不畅，当然无子。今既出门一跑，晒晒太阳，换换空气，筋骨劳动，脉络舒张，神庙停驾七天以后，七个夫人之中，就有一个怀了身孕。这夫人到十个月后，生一太子，名须大拿。

太子十六岁时节，读书明礼，武勇仁慈，气概昂藏，使人爱敬。太子年龄既已长大，国王就为他讨一媳妇，名叫金发曼坻，这金发曼坻，也是一个国王女儿。长得端正白皙，柔媚明慧。夫妇二人，爱情浓厚，结婚以来，就不见过一人眉毛皱蹙，两人皆只用微笑大笑打发每个日子，这金发曼坻到后为太子生育一男一女。

太子须大拿身住宫中既久，一切宫中礼节习气，莫不平板可笑，拘束既久，心实厌烦，幻想宫殿以外万千人民生活，必更美丽自然。因此就有一天，装扮成为一个平民，离开王宫，走出大城，广陌通衢，各处游观。未出宫前，以为宫外世界宽阔无涯，范围较大，所见所闻，必可开心。迨后全城各处一走，凡属人类种种生活，贫穷、聋瞽、瘖哑、疥疬、老惫、死亡，仅仅巡游一天，所有人事触目惊心各种景象，皆已一览无余。一天以内，便增加了这王子一种人生经验，把这种人生诸现象认识以后，心中大不快乐。

回宫当日，这王子就向国王请事：

"国王爸爸，我有一件事情想来说说，请先赦罪，方敢禀告。"

国王就说：

"赦你无罪，好好说来。"

太子向国王说明日里私自出宫不先禀告情形，接着说：

"想求国王爸爸答应一件事情，不知能不能够得到许可？"

"想要什么，可同我说。一切说来，容易商量。这国王宝座，同所有国土臣民，皆你将来所有，如何支配，你有权力。"

"既一切为我所有，我可处置，我想使我臣民，得我一点恩惠。我愿意手中持有国中库藏钥匙，派人从库中取出所有珍宝，放城门边同大街上，送给一切可怜臣民。这些宝物将尽人欢喜，随意拿去，决不令一个人心中不满。"

国王既已答应太子一切要求，必得如约照办。虽明白一国珠宝有限，臣民欲望无穷，太子所想所作，近于稚气。但自己

年纪已老，只有这样一个太子，珍宝金银，皆不如太子可贵。且把无用珍宝舍给平民，为太子结好于下，也未为非计，故用下面话语，答复太子：

"亲爱的孩子，你想要做什么，尽管去做，钥匙在我这里，你就拿去，一切由你！"

太子听国王说话以后，赶忙向国王道谢。当晚无事。到第二天，就派人用各种大小车辆，把国内一切稀奇贵重宝物，从库藏中搬出。这些大小不等的车辆，装满了各样珍宝以后，皆停顿在城门边同大街闹市。不拘何人，心爱何物，若欲拿去，皆可随意挑选，不必说话，就可拿去。国王既富足异常，库中各物，堆积如山，每辆大车载运，皆如从大牛身上拔取一毛，所装虽多，所去无几。故这种空前绝后毫无限制的施舍，经过三天，本国臣民欲望业已满足，叶波国王库中所存，尚较其他国王富足。

那时节去叶波国不远，有一敌国，同叶波王平素意见不合，常常发生战争。听人传说叶波国太子种种布施故事，那个国王就集合全国大臣参谋顾问，开会商量。那不怀好意的国王说：

"叶波国出一傻子，慷慨好施，乐于为善，凡有所求，百凡不厌，各位大臣，谅有所闻。那国有一大象，灵异非凡，颜色白皙，如玉如雪。这象可在莲花上面行走，名须檀延，这象性格温和，极易驾驭，力量强大，长于战争。从前遇有战事发生，每次交锋，这宝象总常占上风。如今国王既老悖昏庸，一切惟傻子是听，若能乘此机会，设一计策，向那国中愚傻王子，把象讨来，从此以后，我国就可天下无敌日臻强盛了。各位大臣之中，有谁能告奋勇，装扮成为平民，去叶波国讨取这白色宝象，我有重赏。"

大臣中间，人人皆明白两国世仇，相互切齿，交往断绝，业已多日。都觉得事情不很容易，无人敢告奋勇，独任艰巨。

其中有八个小臣，平时由于位卑职小，并不为王重视，这时节却来同禀国王：

"国王陛下，亲王殿下，大臣阁下皆只宜于庙堂陈词，筹度国事。讨象事小，应当交给小人办理。我等八人在此，时间已久，无事可做，如今就为大王把象取来，只请颁发粮秣同其他必需用物，八人即便上路。"

国王闻言，心中欢喜，命令财政大臣把一切需要，如数供给八人，国王并且身当大臣面前宣言：

"若能把象取得，可得重赏！"

八人就连夜赶往叶波国，至太子宫门，求见太子。各人皆预先约好，化装成为跛脚，拿一拐杖，跷一右脚，向宫门回事小官说：

"有事想见太子，劳驾引见。"

太子听说八个跛脚男人，同一残废，同一服装，同一神气，齐集宫门求见，心中稀奇，即刻令人引见。并且亲自迎出二门，为每人行礼，十分客气，异样亲切。八人一见太子，照预先约好办法，异口同声说道：

"我们八人皆从极远地方跑来，各想讨点东西回去。只因远远就已听说太子仁慈，想不至于吝啬恩惠。"

太子听说，满心欢喜，询问八人要的是些什么。并且为八人说明，国中名贵宝物，尚有若干种类，某某宝物，藏某库内，只问欢喜，无不相赠。

八个乔装跛人，同时向太子说明来意：

"我们八人，是八兄弟，家中富有，不可比方。小时做梦同到一处，见一大神，有所嘱咐。神说：'尔等八人，皆有福分，可骑白象，同上太清。白象神物，非凡象比，必须跛脚，方可得象。'第二天八人清早醒来，各人各把梦中所见所闻，互相印证，八人梦境，完全相同，大神所说，想亦不虚，因此互相商议，各人自用铁锤捶碎一脚，且从此背家离井，四方漂泊，希望与白象相遇。游行十年，备经寒暑，加之一脚上跷，一脚挂地，麻烦痛苦，不可言述。如今听说太子为人慷慨大方，从不拒绝别人请求，名声远播，八方皆知，天上地下，无不明白。且闻人说太子象厩，宝象成群，因此赶来进见太子，别无所求，只求把那一匹白色宝象，送给我们兄弟八人，让我们骑这宝象云游各处，以符梦兆，并可宣扬太子恩惠。"

太子闻言，信以为真，毫不迟疑，即刻就带领八人过象厩中，指点一切大小象名，听凭拣选。

"各位朋友，不必客气，象皆在此，只请注意，且看看这些大小白象，若有任何一象中意，即刻就可把它牵去。"

八人看看，并无须檀延白象在内，装作回想梦境，稍加迟疑，就摇头说：

"王子豪放，诚过所闻，惟象厩中所有各象，皆不如梦中白象美丽。我们八人冒昧请求，希望太子把恩惠放大，让我们看看那匹能在莲花上行走的白象。"

太子带八人往那宝象所在处，未近象厩以前，八人就同声惊讶，以为仿佛梦中到过此地。一见宝象，又装作更深惊异，以为一切皆与梦境符合。且故意询问王太子：

"这象名字叫须檀延，不知是不是？"

太子微笑点头。当时八人就想把象骑走，太子便说：

"这象可动不得，是我爸爸的象。国王爱象，如爱儿女，若遽送人，事理不合。不得国王许可，这象不能随便送人。"

八人十分失望，不再说话。

太子心想：

"象虽爸爸宝物，不能随便送人。可是我先前既已告人，百凡国王私财，大家欢喜，皆可任意携取，各随己便。如今八人皆为这白象折足，各处奔走，漂泊十年，也为这象。今若不把这象送八人，未免为德不卒，于心多愧。把象送人，纵为罪过，必须受罚，也不要紧！"

那么想过以后，为求恩惠如雪如日，一律平等，不私所爱起见，太子就命令左右，即刻把白象披上锦毯，加上金鞍，当宝象收拾停当牵出外面时，太子左手持水，洗八人手，右手牵象，送与八人。

八人得象，向天空为太子祝福，且称谢不已。

太子向八人说：

"我的朋友，你听我说。这象既已得到，请速上路，不要迟缓。若时间延宕，国王得知消息，派人追夺，我不负责！"

八人听说，知道时间不可稍缓须臾，又复道谢，就急急忙忙骑象走去。

叶波国中大臣，听说太子业已把国中唯一宝象送给敌国，皆极惊怖，即刻齐集宫门，禀告国王。国王闻禀，也觉得十分惊愕，不知所措。

大臣同在国王面前议论这事。

"国家存亡全靠一象，这象能敌六十大象、三百小象。太子慷慨，近于糊涂，不假思索，把象与人。国家把象失去以后，从此恐不太平！太子年纪太轻，不知世故，一切送人，库藏为空，唯一白象，复为敌有。若不加以惩罚，全国大位，或将断于一人。国王明察，应知此理。"

国王闻说，心中大不快乐。

当时开会讨论，大臣们皆以为白象重要，关系国家命运。白象既为太子送与敌国，国法所在，必将应得处罚，加于太子，方称公平。按照国法，失地丧师，以及有损国家权威种种过失，皆应处以死刑。其中有一大臣，独特异议，不欲雷同。那大臣说：

"国法成立，多由国王一人所手创。任何臣民，皆应守法。但因一象死一太子，目前虽为他国称赞叶波国人守法，此后恐为历史家所笑，以为国法乃贵畜而贱人，实不相宜。如今因为太子过分慷慨，影响国家，照本大臣主张，以为把太子放逐出国，住深山中十二年，使他惭愧反省，不知大家以为如何。"

大臣所说，极有道理，各个大臣皆无异议，国王即刻就照这位大臣所说，决定一切。

国王把太子叫来，同他说道：

"错事业已作成，不必辩论，今当受罚。即此宣布：你应过檀特山独住十二年，不能违令。"

便太子说：

"我行为若已逾越国王恩惠范围以外，应受惩罚，我不违令。只请爸爸允许，再让我布施七天，尽我微心，日子一到，我就动身出国。"

国王说：

"这可不行。你正因为人太大方，逾越人类慷慨范围以外，故把你充军放逐。既说一切如命，即刻上路，不必多说！"

太子禀白国王：

"国王爸爸既如此说，不敢违令。我自己还有些财宝，愿意

散尽以后，离开本国，不敢再度荒唐，花费国家分文。"

那时国王两万夫人已知消息，一同来见国王，请求允许太子布施七天，再令出国，国王情面难却，因此不得不勉强答应。

七天以内，四方老幼，凡来携取宝物的，恣意攫取，从不干涉。七天过后，贫人变富，全国百姓，莫不怡悦，相向传言，赞述太子。

太子过金发曼坻处告辞，妃子闻言，万分惊异。"因何过错，便应放逐？"太子就一一告给曼坻，因为什么事情，违反国法，应被放逐，不可挽救。

金发曼坻表示自己意见：

"我们两人，异体同心，既作夫妇，岂能随便分离？鹿与母鹿，当然成双。如你被放逐，国家就可恢复强大，消灭危险，你应放逐，我亦同去。"

太子说：

"人在山中，虎狼成群，吃肉喝血，使人战栗，你一女人，身躯柔弱，应在宫中，不便同去！"

妃答太子：

"帝王用幡信为旗帜，燎火用烟焰为旗帜，女人用丈夫为旗帜，我没有你，不能活下。希望你能许可，尽我依傍，不言离异，有福同享，有祸分当。若有人向你有所求乞，我当为你预备，人如求我，也尽你把我当一用物，任意施舍。我在身边，决不累你。"

太子心想，"若能如此，尚复何言，"就答应了妃子请求，约好同走。

太子与妃并两小儿，同过王后处辞行时。太子禀告王后："一切放心，不必惦念。希望常常劝谏国王，注意国事，莫用坏人。"

王后听说，悲泪潸然，不能自持，乃与身旁侍卫说：

"我非木石，又异钢铁，遇此大故，如何忍取？今只此子，由于干犯国法，必得远去，十二年后，方能回国，我心即是金石，经此打击，碎如糠秕！"

但因担心太子心中难堪，恐以母子之情，留连莫前，增加太子罪戾，故仍装饰笑靥，祝福儿孙，且以"长途旅行，增长见闻，回国之日，必多故事"打发一众上路。

国王两万夫人，每人皆把珍珠一颗，送给太子。三千大臣，各用珍宝，奉上太子。太子从宫中出城时节，就把一切珠宝，散与送行百姓，即时之间，已无存余。国中所有臣民，皆送太子出城，由于国法无私，故不敢如何说话，各人到后，便各垂泪而别。

太子儿女与其母金发曼坻共载一车，太子身充御者，拉马赶车，一行人众，向檀特山大路一直走去。

离城不远，正在树下休息，有一和尚过身，见太子拉车牲口，雄骏不凡，不由得不称羡：

"这马不坏，应属龙种，若我有这样牲口，就可骑往佛地，真是生平快乐事情。"

太子在旁听说，即刻把马匹从车轭上卸下，以马相赠，毫无吝色。

到上路时，让两小儿坐在车上，王妃后推，太子牵挽，重向大路走去。正向前走，又遇一巡行医生，见太子车辆精美异常，就自言自语说道：

"我正有牝马一匹，方以为人世实无车辆配那母马，这车轻捷坚致，恰与我马相称。"

太子听说，又毫无言语，把儿女抱下，即刻将车辆赠给医生。

又走不远，遇一穷人，衣服敝旧，容色枯槁。一见太子身服绣衣，光辉炫目，不觉心动，为之发痴。太子知道这人穷困，欲加援手，已无财物。这人当太子过身以后，便低声说：

"人类有生，烦恼重叠排次而来，若能得一柔软温暖衣服，当为平生第一幸事。"

太子听说，就返身回头，同穷人掉换衣服，一切停当以后，不言而行。另一穷人见及，赶来身后，如前所说，太子以妃衣服掉换，打发走路。转复前行，第三穷人，又近身边，太子脱两小儿衣服，抛于穷人面前，不必表示，即如其望。

太子既把钱财，粮食，马匹，车辆，衣服零件，一一分散给半路生人，各物罄尽以后，毫无悔心。在路途中，太子自负男孩，金发曼坻抱其幼女，步行跋涉，相随入山。

檀特山距离叶波国六千里，徒步而行，大不容易。去国既

远，路途易迷，行大泽中，苦于饥渴。那时天帝大神，欲有所试，就在旷泽，变化城郭，大城巍巍，人屋繁庶，仗乐衣食，弥满城中。俟太子走过城边时，就有白脸女人，微须男人，衣冠整肃，出外迎迓。人各和颜悦色，异口同声：

"太子远来，道行苦顿，愿意留下在此，以相娱乐，盘旋数日，稍申诚敬。若蒙允许，不胜欢迎！"

妃见太子不言不语，且如无睹无闻，就说：

"道行已久，儿女饥疲，若能住下数日，稍稍休息，当无妨碍。"

太子说：

"这怎么行？这怎么好？国王把我徙住檀特山中，上路不用监察军士，就因相信我若不到檀特山中，决不休息。今若停顿此地，半途而止，违国王命，不敬不诚。不敬不诚，不如无生！"

妃不再说，即便出城。一出城后，为时俄顷，城郭就已消失。

继续前行，到檀特山，山下有水，江面宽阔，波涛汹涌，为水所阻，不可波越。

妃同太子说：

"水大如此，使人担忧！既无船舶，不见津梁，不如且住，待至水减再渡。"

太子说：

"这可不成，国王命令，我当入山一十二年，若在此住，是为违法。"

原来这水也同先前城郭相同，同为天帝所变化，用试太子。太子于法，虽一人独处，心复念念不忘，不敢有贰，故这时水中就长一山，山旋暴长，以堰断水，便可搴衣渡过。太子夫妇儿女过河以后，太子心想："水既有异，性分善恶，杀死诸人畜，必不可免，"因此回顾水面，嘱咐水道：

"我已过渡，流水合当即刻恢复原状。若有人此后欲来寻我，向我有所请求乞索，皆当令其渡过，不用阻拦。"

太子说后，水即复原。"其速如水"，后人用作比喻，比喻来源，乃由于此。

到山中后，但见山势崎崎，嘉树繁蔚。百果折枝，烂香充满空气中。百鸟和鸣，见人不避。流泉清池，温凉各具。泉水味如蜜酒，如醴，如甘蔗汁，如椰汁，味各不同，饮之使人心胸畅乐。太子向妃说，"这大山中，必有学道读书人物，故一切自然，如此佳美。使自然如有秩序，必有高人，方能做到。"太子说后，便同妃子并诸儿女取路入山，山中禽兽，如有知觉，皆大欢喜，来迎太子。山中果然有一隐士，名阿周陀，年五百岁，眉长手大，脸白眼方。这人品德绝妙，智慧足尊。太子一见，即忙行礼不迭。太子说道：

"请问先生，今这山中，何处多美果清泉，足资取用？何处可以安身，能免危害？"

阿周陀说：

"请问所问，因何而发？这大山中，一律平等，一切邱壑，皆是福地，今既来住，随便可止！"

太子略同妃子说及过去一时所闻檀特山种种故事，不及同隐士问答。

隐士就说：

"这大山中十分清净寂寞，世人虽多，皆愿热闹，阁下究竟为什么原因，带妻子来此？是不是由于幻想支配肉体，故把肉体尽旅途跋涉折磨，来此证实所闻所想？"

太子一时不知回答。

太子未答，曼坻就问隐士：

"有道先生，来此学道，已经过多少年？"

那隐士说：

"时间不多，不过四五百年。"

曼坻望望隐士，所说似乎并不是谎，就轻轻说：

"四五百年以前，我是什么？"

那时曼坻年纪不过二十二岁而已。

隐士见曼坻沉吟，就说：

"不知有我，想知无我，如此追究，等于白费。"

曼坻说：

"隐士先生，认识我们没有？"

太子也说：

"隐士先生也间或听人说到叶波国王独生太子须大拿没

71

有？"

隐士说：

"听人提到三次，但未见过。"

太子说：

"我就是须大拿，"又指妃说，"这是金发曼坻。"

隐士虽明白面前二人为世稀有，但身作隐士业已四五百年，故不再觉得可怪，只问二人：

"太子等到这儿来，所求何事？"

太子说：

"别无所求，想求忘我。若能忘我，对事便不固执，人不固执，或少罪过。"

隐士说：

"忘我容易，但看方法。遇事存心忍耐，有意牺牲，忍耐再久，牺牲再大，不为忘我。忘我之人，顺天体道，承认一切，大千平等。太子功德不恶，精进容易。"

隐士话说完后，指点太子住处。太子即刻就把住处安排起来，与金发曼坻各作草屋，男女分开，各用水果为饮食，草木为床褥。结绳刻木，记下岁月，待十二年满，再作归计。

太子儿名为耶利，年方七岁，身穿草衣，随父出入。女名脂拿延，年只六岁，穿鹿皮衣，随母出入。

山中自从太子来后，禽兽尽皆欢喜，前来依附太子。干涸之池，皆生泉水。树木枯槁，重复花叶。诸毒消灭，不为人害。甘果繁茂，取用不竭。太子每天无事可做，就领带儿子，常在水边同禽兽游戏。或抛一白石到极远处，令雀鸟竞先衔回。或引长绳，训练猿猴，使之分队拔河。金发曼坻则带领女儿，采花拾果，作种种妇女事情。或用石墨，绘画野牛花豹于洞壁中。或用石针，刻镂土版，仿象云物，毕尽其状。几人生活，美丽如诗，韵律清肃，和谐无方。

那个时节，拘留国有一退伍军人，年将四十，方娶一妇。妇人端正无比，如天上人。退伍军人却丑陋不堪，状如魔鬼，阔嘴长头，肩缩脚短，身上疥疮，如镂花钿。妇人厌恶，如避蛇蝎，但名分既定，蛇蝎缠绕，不可拒绝，妇人就心中诅咒，愿其早死。这体面妇人一日出外挑水，路逢恶少流氓，各唱俚歌，笑其丑婿。"生来好马，独驮痴汉，马亦柔顺，从不踢啮。"

妇人挑水回家以后，就同那军人说：

"我刚出去挑水，在大路上，迎头一群痞子，笑我骂我，使我难堪。赶快为我寻找奴婢，来做事情，我不外出，人不笑我！"

军人说：

"我的贫穷，日月洞烛，一钱不名，为你所见。我如今向什么地方得奴得婢？"

妇人说：

"不得奴婢，你别想我，我要走去，不愿再说！"

军人相貌残缺，爱情完美，一听这话，心中惶恐，脸上变色，手脚打颤。

妇人记起一个近年传说，就向军人说道：

"我常常听人说及叶波国王太子须大拿，为人大方，坐施太剧，被国王放逐檀特山中。有一男一女，尚在身边，你去向他把小孩讨来，不会不肯！"

军人说：

"身为王子，取来做奴做婢，惟你妇人，有这打算，若一军人，不愿与闻。"

妇人说：

"他们不来，我便走去。利害分明，凭你拣选。"

那退伍军人，不敢再作任何分辩，即刻向檀特山出发。到大水边，心想太子，刚一着想，河中就有一船，尽其渡过。这退伍军人遂入檀特山，在山中各处找寻须大拿太子所在处。路逢猎师，问太子住处，猎师指示方向以后，就忽然不见。

退伍军人按照方向，不久便走到太子住处，太子正在水边，训练一熊作人姿势泅水。遥见军人，十分欢喜，即刻向前迎迓，握手为礼，且相慰劳，问所从来。

退伍军人说：

"我为拘留国人，离此不近，久闻太子为人大方，乐善好施，故远远跑来，想讨一件东西回去。"

太子诚诚实实的说：

"可惜得很，你来较迟，我虽愿意帮忙，惟这时节，一切已尽，无可相赠。"

退伍军人说：

"若无东西，把那两个小孩子送我，我便带去，作为奴婢，做点小事，未尝不好。"

太子不言。退伍军人再三反复申求，必得许可。太子便说："你既远远跑来，为的是这一件事，你的希望，必有结果。"

那时两个小孩，正在同一老虎游戏，太子把两人呼来，嘱咐他们：

"这军人因闻你爸爸大名，从远远跑来讨你，我已答应，可随前去。此后一切，应听军人，不可违拗。"

太子即拖两儿小手，交给军人。两个小孩不肯随去，跪在太子面前，向太子说：

"国王种子，为人奴婢，前代并无故事，此时此地，有何因缘不可避免？"

太子说：

"天下恩爱，皆有别离，一切无常，何可固守？今天事情，并不离奇，好好上路，不用多说！"

两个小孩又说：

"好，好，我去我去，一切如命。为我谢母，今便永诀，恨阻时空，不可面别！我们俨若因为宿世命运，今天之事，不可免避，但想母亲失去我等以后，不知如何忧愁劳苦，何由自遣！"

退伍军人说：

"太子太子，我有话说。承蒙十分慷慨，送我一儿一女，我今既老且惫，手足无力，若小孩不欢喜我，一离开你以后，就向他们母亲方面跑去，我怎么办？你既为人大方，不厌求索，我想请你把那两个小孩，好好缚定，再送把我。"

太子就反扭两小孩手臂，令退伍军人用藤蔓自行紧缚，且系令相连，不可分开，自己总持绳头，即便走去。两个小孩不肯走去，退伍军人就用皮鞭抽打各处，血流至地，亦不顾惜。太子目睹，心酸泪落，泪所堕处，地为之沸。小孩走后，太子同一切禽兽，送至山麓，不见人影，方复还山。

那时各种禽兽皆随太子还至两小儿平时游戏处，号呼自扑，示心哀痛。小孩到半路中，用绳缠绕一银杏树，自相纠缪，不肯即走，希望母亲赶来。退伍军人仍用皮鞭重重抽打不已，两小孩因母亲不来，不能忍受鞭笞，就说：

"不要再打，我们上路！"上路以后，仰天呼喊："山神树神，一切怜悯，我今远去，为人做奴做婢，不知所止，不见我母心实不甘，请为传话母亲，疾来相见一别！"

金发曼坻，时正在山中拾取成熟自落果实，负荷满筐，正想带回住处，忽然左足发痒，右眼跳动，两乳喷汁，如受吮吸，心中十分稀奇，以为平时未曾经验，必有大变，方作预示。或者小孩有何危险发生，不能自免，正欲母亲加以援救。想到此时，即刻弃去果筐，走还住处，有一狮子，因知太子把儿女给人，实为心愿，恐妃一回住处，由于母子情爱，障碍太子善心，就故意在一极窄路上，当道蹲据，不让金发曼坻走过。

妃子就说：

"狮子狮子，不要拦我，愿让一路，使我过身！"

狮子当时把头摇摇，表示不行。到后估计退伍军人业已走去很远，无法追赶，方站起身来，令妃通过。妃还住处，见太子独自坐在水边，瞑目无视。水边林际，不见两儿。即往草屋求索，也不在内。便回到太子身边，追问小孩去处。

妃子说：

"我们小孩，现在何处？"太子不应。妃子发急，又说："你听我说，不要装聋，我们小孩，现在何处？快同我说，告我住处，不要隐瞒，使我发狂！"

妃子如此再三催促太子，太子依然不应。妃极愁苦，不知计策，就自怨自责："太子不应，增加迷惑，或我有罪，故有这事！"

太子许久方说：

"拘留国来一穷军人，向我把两个儿女讨走，我已送他带去多时！"

金发曼坻听说这话，惊吓呆定，如中一雷，蹩地倒下，如太山崩。在地宛转啼哭，不可休止。

太子劝促譬解，不生效验，太子因此想起故事一个，就向失去儿女那个母亲来说：

"你不要哭，且听我说，这有理由，你不分明。这事有因有果，并不出于意外。你念过大经七章没有？经中故事，就是我等两人另一时节故事。那时我为平民，名鞞多卫，你为女子，名曰陀罗。你手中持好花七朵，我手中持银钱五百，我想买你好花，献给佛爷，你不接钱，送我二花，求一心愿。你当时说，愿我后世，作你爱人，恩怜永生，如大江水。我当时就同你相约：能得你做夫人，为幸多多，但我先前业已许愿，愿我爱人，一切能随我意见，不相忤逆，随在布施，不生吝悔。你当时所说，为一'可'字。今天我把小孩送人，你来啼哭，扰乱我心，来世爱怜，恐已因此割断！"

曼坻听过故事，心开意解，认识过去，只因心爱太子，坚强如玉，既然相信从布施中，可以使两人世世为夫妇，故不再哭，含泪微笑，且告太子：

"一切布施，皆随所便。"

那时有一大神，见太子大方慷慨，到此地步，就变作一人，比先前一时那退伍军人还更丑陋，来到太子住处，向太子表示自己此来希望：

"常闻太子乐善好施，不逆人意，来此不为别事，只因我年老丑恶，无人婚娶，请把那美丽贞淑金发曼坻与我，不知太子意思如何？"

太子说：

"好，你的希望，不会落空。你既爱她，把她带去，你能快乐，我也快乐！"

金发曼坻那时正在太子身旁，就说：

"今你把我送人，谁再来服侍你？"

太子说：

"若不把你送人，还说什么平等？"

太子不许妃再说话，就牵妃手交给那古怪丑人。大神见太子舍施一切，毫不悔吝，为之赞叹不已，天地皆动。这大神所变丑人，就把曼坻拖去，行至七步，又复回头，重把曼坻交给太子，且说：

"不要给人，小心爱护！"

太子说：

"既已相赠，为何不取？"

那丑人说：

"我不是人，只是一神，因知慷慨，故来试试。你想什么，你要什么，凡能为力，无不遵命。"

曼坻即为行礼，且求三愿：一愿从前把小孩带去的退伍军人，仍然把小孩卖至叶波国中；二愿两个小孩不苦饥渴；三愿太子同妃，早得还国。那大神一一允许。又问太子，所愿何在。

太子说：

"愿令众生，皆得解脱，无生老病死之苦。"

大神说：

"这个希望，可大了点，所愿特尊，力所不及，且待将来，大家商量！"

话已说毕，忽然不见。

那时拘留国退伍军人，业已把两个小孩，带回家中，妇人一见，就在门前挡着，大骂退伍军人：

"你这坏人，心真残忍。这两小孩，皆国王种子，你竟毫无慈心，鞭打如此！今既全身溃烂，脓血成疮，放在家中，有何体面！赶快为我拖上街去，卖给别人，另找奴婢，不能再缓！"

军人唯唯听命，依然用藤缚执，牵上街衢，找寻主顾。军人心想居奇发财，取价不少，人嫌价贵货劣，莫不嗤之以鼻。辗转多日，乃引至叶波国。

既至叶波国中，行通衢中，叫卖求售。大臣人民认识是太子儿女，大王冢孙，举国惊奇，悲哀不已。诸臣民就问退伍军人，凭何因缘，得这小孩。退伍军人说："我非拐骗，实向其爸爸讨得！"有些人民，就想夺取，且想殴打军人，发泄悲愤。中有一懂事明理长者，在场制止众人鲁莽行动，提议说道：

"这件事情，不能如此了事。目前情形，实为太子乐于成人之善，以至于此。今若强夺，违太子意，不如即此禀告国王，使王明白。王既公正，自当出钱购买。"

诸臣禀告国王，国王闻言，大惊失色，即刻下谕宣取退伍军人带领小孩入宫。王与王后，并二万夫人，及诸宫女从官，遥见两儿，萎悴异常，非复先前丰腴，莫不哽咽。

国王问询退伍军人：

"何从得到这两小孩？"

退伍军人说：

"我向太子求丐得到，所禀是实。"

国王即喊近两个小孩，把绳索解除，想同小孩拥抱接吻，小孩皆哭泣闪避，若有所忌，不肯就抱。

国王问退伍军人，应当出多少钱，方可买得这一男一女，退伍军人一时不知如何索价，未便做答，小孩同时便说：

"男值银钱一千，公牛一百头，女值金钱二千，母牛二百头。"

国王说：

"男子人类所尊重，如今何故男贱女贵？"

男孩便说：

"国王所说，未必近实。后宫彩女，与王无亲无戚，或出身微贱，或但婢使，王所爱幸，便得尊贵。今王独有一子，反放逐深山，毫不关心，所以明白显然，知必男贱女贵！"

国王听说，感动非常，悲哀号泣，如一妇人。且因王孙耶利慧颖杰出，爱之深切，就说：

"耶利耶利，我很对你父子不起。你已回国，为什么不让我抱你吻你？你生我气，还是怕这军人？"

小孩说：

"我不恨你，我不怕他。本是王孙，今为奴婢，安有奴婢受国王拥抱？故我不敢就王拥抱！"

国王闻言，倍增悲怆，即一切如其所言，照数付出金银牛物与退伍军人，再呼两儿，儿即就抱。王抱两孙，手摩小头，口吻各处创伤，问其种种经过。又问两孙：

"你爸爸妈妈，在山中住下，如何饮食，如何生活？"

两个小孩一一做答，具悉其事。国王即遣派一大臣，促迎太子。那大臣到山中时，把国王口谕，转告太子，并告一切近事，促太子回国。太子回答：

"国王放逐我远离家国，山中思过，一十二年为期，今犹三年，为守国法，年满当归！"

大臣回国如太子所说，禀启国王，国王用羊皮纸，亲自作一手书，又命一大臣，把手书带去，送给太子。那书信说：

"……一切过去，即应忘怀，你极聪明，岂不了解？去时当忍，来时亦忍，即便归来，不胜悬念！"

太子得信以后，向南作礼，致谢国王恕其已往罪过。便与金发曼坻，商量回国。

山中禽兽，闻太子夫妇将回本国，莫不跳跃宛转，自扑于地，号呼不止，诉陈慕思。泉水为之忽然涸竭，奇花异卉，因此萎谢。百鸟毁羽折翅，如有所衰。一切变异，皆为太子。

太子与妃同还本国，在半路中。先是太子出国前后情形，三年以来，为世传述，远近皆知，敌国怨家，设诈取象，种种经过，亦皆全在故事中间。心有所恶，赎罪无方，此时太子回国，敌国怨家，探知消息，即派遣大使，装饰所骗白象，金鞍银勒，锦毯绣披，用金瓶盛满金米，用银瓶盛满银米，等候在太子所经过大道中，以还太子，并具一谢过公文，恭敬而言：

"前骗白象，愚痴故耳。因我之事，太子放逐。故事传闻，心为内恶。赎罪无方，食息难处。今闻来还，欢喜踊跃。兹以宝象奉还太子，愿垂纳受，以除罪尤！"

太子告彼大使，请以所言转告：

"过去之事，疚心何益。譬如有人，设百味食，持上所爱，其人食之，吐呕在地，岂复香洁？今我布施，亦若吐呕，吐呕之物，终还不受！速乘象去，见汝国王，委屈使者，远劳相问。"

于是大使即骑象还归，白王一切，即因此象，两国敌怨，化为仁慈，且因此故，两国人民，皆感觉人不自私其所爱，牺牲之美，不可仿佛。

太子回国，国王骑象出迎，太子便与国王相见，各致相思，互相拥抱，相从还宫。国中人民，莫不欢喜，散花烧香，以待太子。

从此以后，国王便把库藏钥匙，交付太子，不再过问。太子恣意布施，更胜于前。

故事说完以后，在座诸人，莫不神往。赞美声音，不绝于

耳。商人也扬扬自得，重新记起一个被大众所欢迎的名人风度，学作从容，向人微笑，把头向左向右，点而又点。

有一个身儿瘦瘦的乡下人，在故事中对于商人措辞用字有所不满，对于屋中掌声有所不满，就说：

"各位先生，各位兄弟，请稍停停，听我说话。叶波国王太子，大方慷慨，施舍珍宝，前无古人，如此大方，的确不错。但从诸位对于这故事所给的掌声看来，诸位行为，正仿佛是预备与那王子媲美，所不同的，不过一为珍宝，一为掌声而已。照我意见说来，这个故事，既由那位老板，用古典文字叙述，我等只须由任何一人，起立大声说说：'佳哉，故事！'酬谢，就已相称，不烦如此拍掌。拍掌过久，若为另一敌国怨家，来求慈悲，诸位除掌声以外，还有什么？"

那时节山中正有老虎吼声，动摇山谷，众人闻声，皆为震慑。那人在火光下一面整理自己一件东西一面就说：

"各位先生，你们赞美王子行为，以为王子牺牲自己，人格高尚，远不可及。现在山头老虎，就正饥饿求食，谁能砍一手掌，丢向山涧喂虎没有？"

各人面面相觑，不做回答。那人就向众人留个微笑，匆匆促促，把门拉开，向黑暗中走去了。

大家皆以为这人必为珠宝商人说的故事所感化，梦想牺牲，发痴发狂，出门舍身饲虎的，因此互相议论不已。并且以为由于义侠，应当即刻出门援救这人，不能尽其为虎吃去。但所说虽多，却无一人胆敢出门。珠宝商人，则以为自己所说故事，居然如此有力，使人发生影响，舍身饲虎，故极自得。见众人议论之后，继以沉默，便造作一个谎话，以为被这故事感动而舍身饲虎的事情，数到这人，业已是第三个。众人皆愿意听听另外两个人牺牲的情形，愿意听听那个谎话。

店主人明白若自己再不说话，误会下去，行将使所有旅客，失去快乐，故赶忙站起，含笑告给众人，出门的人，为虎而去，虽是事实，但请放心，不必难过。原来那人是一个著名猎户。众人闻言，莫不爽然自失，珠宝商人，想再诌出另外那两次牺牲案件，一时也诌不出了，就装作疲倦，低头睡觉。因装睡熟，必得装成毫无知觉，故一只绣花拖鞋，分明为火烧去，也不在意。一个市侩能因遮掩羞辱，牺牲一双拖鞋，事不常见，故附记在此，为这故事作一结束。

为张小五辑自《太子须大拿经》

一九三三年一月，于青岛

简 析

　　《慷慨的王子》是一篇寓言故事。在金狼旅店里，一个关于悭吝人的故事引起了一个珠宝商人的抗议，于是他讲了一个慷慨王子的故事。作品开头对这个珠宝商人进行了外貌和心理描写，然后作家又巧妙设局，让这个贪婪的商人绘声绘色地讲述了一个关于乐善好施、不求索取的慷慨王子的故事，以慷慨王子与悭吝商人的鲜明对比，尽现了珠宝商人虚伪、贪婪的市侩形象。作者运用对比和讽刺的手法，通过奇特的构思，讽刺了现实生活中市侩商人的虚伪和狡诈，赞扬了淳朴善良的自然美。

如 蕤

（秋天，仿佛春天的秋天。）

协和医院里三楼甬道上，一个头戴白帽身穿白色长袍的年轻看护，手托小小白瓷盆子，匆匆忙忙从东边回廊走向西去。到楼梯边时，一个招呼声止住了她的脚步。

从二楼上来了一个女人，在宽阔之字形楼梯上盘旋，身穿绿色长袍，手中拿着一个最时新的朱红皮夹，使人一看有"绿肥红瘦"感觉。这女人有一双长长的腿子，上楼时便显得十分轻盈。年纪大约有了二十七八，由于装饰合法，又仿佛可以把她岁数减轻一些。但靥额之间，时间对于这个人所作的记号，却不能倚赖人为的方法加以遮饰。便是那写在口角眉目间的微笑，风度中也已经带有一种佳人迟暮的调子。

她不能说是十分美丽，但眉眼却秀气不俗，气派又大方又尊贵。身体长得修短合度，所穿的衣服又非常称身，且正因为那点"绿肥红瘦"的暮春风度，使人在第一面后，就留下一个不易忘掉的良好印象。

这个月以来她因为每天按时来院中看一病人，同那看护已十分熟悉，如今在楼梯边见到了看护，故招呼着，随即快步跑上楼了。

她向那看护又亲切又温柔地说：

"夏小姐，好呀！"

那看护含笑望望喊她的人手中的朱红皮夹。

"如蕤小姐，您好！"

"夏小姐，医生说病人什么时候出院？"

"曾先生说过一礼拜好些，可是梅先生自己，上半天却说今天想走。"

"今天就走吗？"

"他那么说的。"

穿绿衣的不做声，把皮夹从右手递过左手。

穿白衣的看护仿佛明白那是什么意思，便接着说：

"曾先生说不行。他不签字，梅先生就不能出院。"

甬道上西端某处病房里门开了，一个穿白衣剃光头的男子，露出半个身子，向甬道中的看护喊：

"密司夏，快一点来！"

那看护轻轻地说："我偏不快来！"用眉目作了一个不高兴的表示，就匆匆地走去了。

如蕤小姐站在楼梯边一阵子，还不即走，看到一个年轻圆脸女孩，手中执了一把浅蓝色的花，搀扶了一个青年优美的男子，慢慢地走下楼去。男子显得久病新瘥的样子，脸色苍白，面作笑容，女孩则脸上光辉红润，极其愉快。

一双美丽灵活的眼睛，随着那两个下楼人在之字形宽阔楼梯上转着，到后那俩影不见了，为楼口屏风掩着消灭了。这美丽的眼睛便停顿在楼梯边棕草垫上，那是一朵细小的蓝花。

"把我拾起来，我名字叫'毋忘我草'。"

她弯下腰把它拾起来。

一张猪肝色的扁脸，从肩膊边擦过去。一个毛子军人把一双碧眼似乎很情欲的望着这女人一会，她仿佛感到了侮辱，匆匆的就走了。

不到一会，三楼三百十七号病房外，就有只带着灰色丝织手套的纤手，轻轻地扣着门。里面并无声音，但她仍然轻轻地推开了那房门。门开后，她见到那个病人正披了白色睡衣，对窗外望，把背向着门，似乎正在想到某样事情，或为某种景物堕入玄思，故来了客人，却全不注意。

她轻轻地把门掩上，轻轻地走近那病人身边，且轻轻地说：

"我来了。"

病人把头掉回，便笑了。

"我正想到为什么秋天来得那么快。你看窗外那株杨柳。"

穿绿衣的听到这句话，似乎忽然中了一击，心中刺了一下。装作病人所说的话与彼全无关系的神气，温柔的笑着。

"少想些，秋来了，你认识它就得了，并不需要你想它。"

"不想它，能认识它吗？"

女人于是轻轻地略带解嘲的神气那么说：

"譬如人，有些人你认识她就并不必去想她！"

"坐下来，不要这样说吧。这是如蕤小姐说话的风格，昨天不是早已说好不许这样吗？"

病人把如蕤小姐拉在一张有靠手的椅子旁坐下，便站在她面前，捏着那两只手不放：

"你为什么知道我不正在念你？"

女人嘴唇略张，绽出两排白色小贝，披着优美卷发的头略歪，做出的神气，正像一个小姑娘常作的神气。

病人说：

"你真像小孩子。"

"我像小孩子吗？"

"你是小孩子！"

"那么，你是个大人了。"

"可是我今年还只二十二岁。"

"但你有些方面，真是个二十二岁的大人。"

"你是不是说我世故？"

"我说我不如你那么……"

"得了。"病人走过窗边去，背过了女人，眉头轻微蹙了一下。回过头来时就说："我想出院了，医生不让我走。"

女人说："忙什么？"随即又说，"我见到那看护，她也说曾医生以为你还不能出去。"

"我心里躁得很。我还有许多事……"

"你好些没有？睡得好不好？"

病人听到这种询问，似乎从询问上引起了些另一时另一事不愉快的印象，反问女人：

"你什么时候动身？"

女人不即回答，抬起头把一双水汪汪的眼睛望着病人，望了一会，柔弱无力的垂下去，轻轻地透了一口气，自言自语地说："什么时候动身？"

病人明白那是什么原因，就说：

"不走也好！北京的八月，无处景物不美。并且你不是说等我好了，出了院，就陪我过西山去住半个月吗？那边山上树叶极美，我欢喜那些树木。你若走了，我一个人可不想到那边去。你为什么要走？"

女的把头低着，带着伤感气氛说："我为什么要走？我真不知道！"

病人说：

"我想起你一首诗来了。那首名为《季葳之谜》的诗，我记得你那么……"若说下去，他不知道应当说得是"寂寞"还是"多情善感"，于是他换了口气向女人说："外边一定很冷了，你怎么不穿紫衣？"

女人装作不曾听到这句话，无力地扭着自己那两只手套，然后又问，"你出了院，预备上山不预备上山？"

病人似乎想起了这一个月来病中的一切，心中柔和了，悄然说道："你不走，你同我上山，不很好么？你又一定要走。"

"我一定要走，是的，我要走。"

"我要你陪我！"

"你并不要我陪你！"

"但你知道，……"

"但你……"

什么话也不必说了，两人皆为一件事喑哑了。

她爱他，他明白的，他不爱她，她也明白的。问题就在这里，三年来各人的地位还依然如故，并不改变多少。

他们年龄相差约七岁。一片时间隔着了这两个人的友谊，使他们不能不停顿到某一层薄幕前面。两人皆互相望着另外一个心上的脉络，却常常黯然无声的呆着，无从把那个人的臂膊张开，让另一个无力地任性地卧到那一个臂膊里去。

（夏天，热人闷人倦人的夏天。）

三年前，南国××暑期海滨学术演讲会上，聚集五十个年轻女人，七十个年轻男子，用帐幕在海边度暑期生活。这些年轻男女皆从各大学而来，上午齐集在林荫里与临时搭盖的席棚里，听北平来的名教授讲学，下午则过海边浴场作海水浴，到了晚上，则自由演剧，放映电影，以及小组谈话会，跳舞会，同时分头举行。海边沙上与小山头，且常燃有营火，焚烧柴堆，为海上荡舟人与入山迷失归途的人指示营幕所在地。

女子中有个杰出的人物。××总长庶出的女儿，岭南大学二年级学生。这女子既品学粹美，相貌尤其艳丽。游泳，骑马，划船，击球，无不精通超人一等。且为人既活泼异常，又无轻狂佻野习气。待人接物，温柔亲切，故为全个团体所倾心。其中尤以一个青年教授，一个中年教授，两人异常崇拜这个女子。但在当时，这女孩子对于一切殷勤，似乎皆不甚措意。俨然这人自觉应永远为众人所倾心，永远属于众人，不能尽一人所独占，故个人仍独来独往，不曾被任何爱情所软化。

当她发觉了男子中即或年纪到了四十五岁，还想在自己身边装作天真烂漫的神气，认为妨碍到她自己自由时，就抛开了男子们，常常带领了几个年幼的女孩，驾了白色小船，向海中驶去。在一群女孩中间她处处像个母亲，照料得众人极其周到，但当几人在沙滩上胡闹时，则最顽皮最天真的也仍然推她。

她能独唱独舞。

她穿着任何颜色任何质料的衣服，皆十分相称，坏的并不显出俗气，好的也不显出奢华。

她说话时声音引人注意，使人快乐。

她不独使男子倾倒，所有女子也无一不十分爱她。

但这就是一个谜，这为上帝特别关切的女孩子，将来应当属谁？

就因为这个谜，集会中便有许多男子皆发着痴，心中思索着，苦恼着。林荫里，沙滩上，帐幕旁，大清早有人默默的单独的踱着躺着，黄昏里也同样如此。大家皆明白"一切路皆可以走近罗马"那句格言，却不明白有什么方法，可以把这颗心傍近这女人的心。"一切美丽皆使人痴呆"，故这美丽的女孩，本身所到处，自然便有这些事情发生，同时也将发生些旁的使男子们皆显得可怜可笑的事情。

她明白这些，她却不表示意见。

她仍然超越于人类痴妄以上，又快乐又健康的打发每个日子。

她欢喜散步，海滨潮落后，露出一块赭色沙滩，齐平如茵褥，比茵褥复更柔和。脚所践履处，皆起微凹，分明地印出脚掌或脚跟美丽痕迹。这沙滩常常便印上了一行她的脚迹。许多年轻学生，在无数脚迹中皆辨识得出这种特别脚迹，一颗心追数着留在沙滩上那点东西，直至潮水来到，洗去了那东西时，方能离开。

每天潮水的来去，又正似乎是特别为洗去那沙上其他纵横凌乱的践履记号，让这女孩子脚迹最先印到这长沙上。

海边的潮水涨落因月而异。有时恰在中午夜半，有时又恰在天明黄昏。

有一天，日头尚未从海中升起，潮水已退，淡白微青的天空，还嵌的疏疏的几颗白星，海边小山皆还包裹在银红色晓雾里，大有睡犹未醒的样子。沿海小小散步石道上，矗立在轻雾中的电灯白柱，尚有灯光如星子，苍白着脸儿。

她照常穿了那身轻便的衣服，披了一件薄绒背心，持了一条白竹鞭子，钻出了帐幕，走向海边去。晨光熹微中大海那么温柔，一切万物皆那么温柔，她饱饱的吸了几口海上的空气，便起始沿了尚有湿气与随处还留着绿色海藻的长滩，向日头出处的东方走去。

她轻轻地啸着，因为海也正在轻轻地啸着。她又轻轻地唱着，因为海边山脚豆田里，有初醒的雀鸟也正在轻轻地唱着。

有些银色的雾，流动在沿海山上，与大海水面上。

这些美丽的东西会不会到人的心头上？

望到这些雾她便笑着。她记起蒙在她心头上一张薄薄的人事网子。她昨天黄昏时，曾同一个女伴，坐到海边一个岩石上，

听海涛呜咽，波浪一个接着一个撞碎在岩石下。那女孩子年纪不过十七岁，爱了一个牧师的儿子，那牧师儿子却以为她是小孩子，一切打算皆由于小孩子的糊涂天真，全不近于事实所许可。那牧师儿子伤了她的心。她便一一诉说着。且说他若再只把她当小孩，她就预备自杀给他看。问那女孩子："自杀了，他会明白么？除了自杀难道就没有别的办法让他明白吗？而且，是不是当真爱他？爱他即或是真的，这人究竟有什么好处？"那女孩沉默了许久，昂起头带着羞涩的眼光，却回答说："我自己也不知道这是怎么回事。他所有好处在别个男孩子品性中似乎都可以发现，我爱他似乎就只是他不理我那分骄傲处。我爱那点骄傲。"当时她以为这女孩子真正是小孩子。

但现在给她有了一个反省的机会。她不了解这女孩子的感情，如今却极力来求索这感情的起点与终点。

爱她的人可太多了，她却不爱他们。她觉得一切爱皆平凡得很，许多人皆在她面前见得又可怜又好笑。许多人皆因为爱了她把他自己灵魂，感情，言语，行为，某种定型弄走了样子。譬如大风，百凡草木皆为这风而摇动，在暴风下无一草木能够坚凝静止，毫不动摇。她的美丽也如大风。可是她希望的正是永远皆不动摇的大树，在她面前昂然的立定，不至于为她那点美丽所征服。她找寻这种树，却始终没有发现。

她想："海边不会有这种树。若需要这种树，应当向深山中去找寻。"

的的确确，都市中人是全为一个都市教育与都市趣味所同化，一切女子的灵魂，皆从一个模子里印就，一切男子的灵魂，又皆从另一模子中印出，个性与特性是不易存在，领袖标准是在共通所理解的榜样中产生的。一切皆显得又庸俗又平凡，一切皆转成为商品形式。便是人类的恋爱，没有恋爱时那分观念，有了恋爱时那分打算，也正在商人手中转着，千篇一律，毫不出奇。

海边没有一株稍稍崛强的树，也无一个稍稍崛强的人。为她倾倒的人虽多，却皆在同样情形下露出蠢像，做出同样的事情。世故一些的先是借些别的原因同在一处，其次就失去了人的样子，变成一只狗了。年纪轻些的，则就只知写出那种又粗鲁又笨拙的信，爱了就谦卑谄媚，装模作样，眼看到自己所作的糊涂样子，还不能够引动女人，既不知道如何改善方法，便作出更可笑的表示，或要自杀，或说请你好好防备，如何如何。一切爱不是极其愚蠢，就是极其下流，故她把这些爱看得一钱不值了。

真没有一个稍稍可爱的男子。

她厌倦了那些成为公式的男子，与成为公式的爱情。她忽然想起那个女孩口中的牧师儿子。她为自己倏然而来飘然而逝的某种好奇意识所吸引，吃了点惊。她望望天空，一颗流星正划空而逝，于是轻轻地轻轻地自言自语说道："逝去的，也就完事了。"

但记忆中那颗流星，还闪着悦目的光辉。"强一些，方有光辉！"她微笑了，因为她自觉是极强的。然而在意识之外，就潜伏了一种欲望，这欲望是隐秘的，方向暧昧的。

左拉在他的某篇小说上，曾提及一个贞静的女人，拒绝了所有向她献媚输诚的一群青年绅士，逃到一个小乡村后，却坦然尽一个粗鲁的农夫，在冒昧中吻了她的嘴唇同手足。骄傲的妇人厌倦轻视了一切柔情，却能在强暴中得到快感。

她记起了左拉那篇小说。那作品中从前所不能理解的，现在完全理解了。倘若有那么凑巧的遭遇，她也将如故事所说，毫不拒绝的躺到那金黄色稻草积上去。固执的热情，疯狂的爱，火焰燃烧了自己后还把另外一个也烧死，这爱情方是爱情！

但什么地方有这种农夫？所有农夫皆大半饿死了。这里则面前只是一片沙，一片海。

民族衰老了，为本能推动而做成的野蛮事，也不会再发生了。都市中所流行的，只是为小小利益而出的造谣中伤，与为稍大利益而出的暗杀诱捕。恋爱则只是一群阉鸡似的男子，各处扮演着丑角喜剧。

她想起十个以上的丑角，温习这些自作多情的男子各种不得体的爱情，不愉快的印象。

她走着，重复又想着那个不识面的牧师儿子。这男子，

十七岁的女子还只想为他自杀哩，骄傲的人！

流星，就是骑了这流星，也应当把这种男子找到，看他的骄傲，如何消失到温柔雅致体贴亲切的友谊应对里。她记着先前一时那颗流星。

日光出来了，烧红了半天。海面一片银色，为薄雾所包裹。早日正在融解这种薄雾。清风吹人衣袂如新秋样子。

薄雾渐渐融解了，海面光波耀目，如平敷水银一片，不可逼视。

炫目的海需要日光，炫目的生活也需要类乎日光的一种东西。这东西在青年绅士中既不易发现，就应当注意另外一处！

当天那集会里应当有她主演的一个戏剧，时间将届时，各处找寻这个人，皆不能见到。有人疑心她或在海边出了事，海边却毫无征兆可得。于是有人又以可笑的测度，说她或者走了，离开这里了，因此赴她独自占据的小帐幕中去寻觅，一点简单行李虽依然在帐幕里，却有个小小字条贴在撑柱上，只说："我不高兴再留到这里，我走了。大家还是快乐的打发这个假期吧。"大家方明白这人当真走了。

也像一颗流星，流星虽然长逝了，在人人心中，却留下一个光辉夺目的记号。那件事在那个消夏会中成为一群人谈论的中心，但无一个人明白这标致出众的女人，为什么忽然独自走去。

日头出自东方，她便向东方注意，坐了法国邮船向中国东部海岸走去。她想找寻使她生活放光同时他本身也放光的一种东西。她到了属于北国的东方另一海滨。

那里有各地方来的各样人，有久住南洋带了椰子气味的美国水兵，有身着宽博衣裳的三岛倭人，有流离异国的北俄，有庞然大腹由国内各处跑来的商人政客，有……

她并不需要明白这些。她住到一个滨海旅馆中后，每日皆默默的躺到海滩白沙上大伞下，眺望着大海太空的明蓝。她正在用北海风光，洗去留在心上的南海厌人印象。她在休息。她在等待。

有时赁了一匹白马，到山上各处跑去，或过无人海浴处，沿了潮汐退尽的沙滩上跑去。有时又一人独自坐在一只小艇内，慢慢的摇着小桨，把船划到离岸远到三里五里的海中，尽那只小艇在一汪盐水中漂流荡漾。

陌生地方陌生的人群，却并不使她感到孤寂。在清静无扰孤独生活中，她有了一个同伴，就是她自己的心。

当她躺在沙上时，她对于自然与对于本性，皆似乎多认识了一些。她看一切，听一切，分析一切，皆似乎比先前明澈一些。

尤其使她愉快的，便是到了这地方来，若干游客中，似乎并无一个人明白她是谁。虽仿佛有若干双陌生的眼睛，每日皆可在沙滩中无意相碰，她且料想到，这些眼睛或者还常常在很远处与隐避处注视到她，但却并无什么麻烦。一个女子即或如何厌烦男子，在意识中，也仍然常常有把这种由于自己美丽使男子现出种种蠢像的印象，作为一种秘密悦乐的时节。我们固然不能欢喜一个嗜酒的人，但一个文学者笔下的酒徒，却并不使我们看来皱眉。这世界上，也正有若干种为美所倾倒的人类可怜悯的姿态，玩味起来令人微笑！

划船是她所擅长的运动，青岛的海面早晚尤宜于轻舟浮泛。有一天她独自又驾了那白色小艇，打着两桨，沿海向东驶去。

东方为日头所出的地方，也应当有光明热烈如日头的东西等待在那边。可是所等待的是什么？

在东方除了两个远在十里以外金字塔形的岛屿以外，就只一片为日光镀上银色的大海。这大海上午是银色，下午则成为蓝色，放出蓝宝石的光辉。一片空阔的海，使人幻想无边的海。

东边一点，还有两个海湾，也有沙滩，可以作海水浴，游人却异常稀少。

她把船慢慢的划去，想到了第三个海湾时为止。她欢喜从船上看海边景物。她欢喜如此寂寞地玩着，就因她早为热闹弄疲倦了。

当船摇到离开浴场约两里左右，将近第三海湾，接近名为太平角的山岨时，海上云物奇幻无方，为了看云，忘了其他事情。

盛夏的东海，海上有两种稀奇的境界，一是自海面升起的阵云，白雾似的成团成饼从海上涌起，包裹了大山与一切建筑；一是空中的云彩，五色相渲，尤以早晨的粉红细云与黄昏前绿

色片云为美丽。至于中午则白云嵌镶于明蓝天空，特多变化，无可仿佛，又另外有一番惊人好处。

她看的是白云。

到后夏季的骤雨到了，夹以雷声电闪，向海面逼来。海面因之咆哮起来，各处是白色波帽，一切皆如正为一只人目难于瞧见的巨手所翻腾，所搅动。她匆忙中把船向近岸处尽力划去。她向一个临海岩壁下划去。她以为在那方面当容易寻觅一个安全地方。

那一带岩石的海岸，却正连续着有屋大的波浪，向岩石撞去，成为白沫。船若傍近，即不能不与一切同归于尽。

船离岩壁尚远，就倾覆了，她被波浪卷入水中后，便奋力泅着。

头上是骤雨与吓人的雷声，身边是黑色愤怒的海，她心想："这不是一个坏经验！"她毫不畏怯，以为自己的能力足支持下去，不会有什么不幸。她仍然快乐的向前泅去。

她忽然记起岩壁下海面的情形，若有船只，尚可停泊，若属空手，恐怕无上岸处，故重复向海中泅去，再看看方向，观察向某一方泅去，可以省事一些，方便一些。

她觉得她应当向东泅去，就可在第二海湾背风的一面上岸。

她大约还应泅半里左右。她估计她自己能力到岸有剩余，因此毫不忙乱。

但到离岸只有二百米左右时，她的气力已不济事了，身体为大浪所摇撼，她感觉疲倦，以为不能拢岸，行将沉入海底了。

她被波浪推动着。

她把方向弄迷糊了，本应当再向东泅去，忽又转向南边一点泅去。再向南泅去，她便将为浪带走，摔碎到岩石上。

当她在海面挣扎中，忽被一只强而有力的手攫住头发，带她向海岸边泅去时，她知道她已得了救助，她手脚仍然能够拍水分水，口中却喑哑无言，到了岸时便昏迷了。那人把她抱上了岸，尽她俯伏着倒出了些咸水，后来便让她卧下，蹲在她身边抚摩着手心。

她慢慢的清楚了。张开两只眼睛，便看到一个黑脸长身青年俯伏在她身边。她记起了前一时在水中种种情形，便向那身边陌生男子屡弱的笑着，作的是感谢的微笑。她明白这就是救她出险的男子。她想起来一下，男子却把手摇着，制止了她。男子也微笑着，也感谢似的微笑着，因为他显然在这件事情上得到了最大的快乐。

她闭上眼睛时，就看到一颗流星，两颗流星。这是流星还是一个男孩子纯洁清明的眼睛呢？

她迷糊着。

重新把眼睛睁开时，那陌生青年男子因避嫌已站远了一些了。她伸出手去招呼他。且让他握着那只无力的手。于是两人皆微笑着。一句"感谢"的话语融解成为这种微笑，两人皆觉得感谢。

年轻人似乎刚满二十岁，健全宽阔的胸脯，发育完美的四肢，尖尖的脸，长长的眉毛，悬胆垂直的鼻头，带着羞怯似的美丽嘴唇，无一不见得青春的力与美丽。

行雨早过了。她望着那男子身后天空，正挂着一条长虹。女人说：

"先生，这一切真美丽！"

那男子笑了，也点头说：

"是的，太美丽了。"

"谢谢您。没有您来带我一手，我这时一定沉到海底，再不能看到这种好景致了。为什么我在海中你会见到？"

"我也划了一只小船来的，我看看云彩，知道快要落雨了，准备把船泊近岸边去。但我见到你的白船，我从草帽上知道您是个小姐，我想告你一下，又不知道如何呼喊您。到后雨来了，我眼看着你把船尽力向岸边划来，大声告你不能向那边岩壁下划去，你却听不到。我见你把船向岩边靠拢，知道小船非翻不可，果然一会儿就翻了，我方从那边跳下来找你。"

"你冒了险做这件事，是不是？"

男子笑着，承认了自己的行为。

"你因为看清楚我是个女人，才那么勇敢从悬岩上跃下把我救起，是不是？"

那男子羞怯似的摇着头，表示承认也同时表示否认。

"现在我们已经成为朋友了，请告我些你自己的事情吧。我希望多知道些，譬如说，你住在什么地方？在什么学校念书？家里有些什么人，家中人谁对你最好，谁最有趣？你欢喜读的书是哪几本？"

"我姓梅，……"

"得了，好朋友是用不着明白这些的。这对我们友谊毫无用处。你且告我，你能够在这一汪咸水里尽你那手足之力，泅得多远？"

"我就从不疲倦过。"

"你欢喜划船吗？"

"我有时也讨厌这些船。"

"你常常是那么一个人把船划到海中玩着吗？"

"我只是一个人。"

"我到过南方。你见不见到过南方的大棕榈树同凤尾草？"

"我在黑龙江黑壤中长大的。"

"那么你到过北平城了。"

"我在北平城受的中学教育。"

"你不讨厌北平吗？"

"我欢喜北平。"

"我也欢喜北平。"

"北平很好。"

"但我看得出你同别的人欢喜北平不同。别人以为北平一切是旧的，一切皆可爱。你必定以为北平罩在头上那块天，踏在脚下那片地，四面八方卷起黄尘的那阵风，一些无边无际那种雪，莫不带点儿野气。你是个有野性的人，故欢喜它，是不是。"

这精巧的阿谀使年轻男子十分愉快。他说：

"是的，我当真那么欢喜北平，我欢喜那种明朗粗豪风光。"

女子注意到面前男子的眉目口鼻，心中想说："这是个小雏儿，不济事，一点点温柔就会把这男子灵魂高举起来！你并不欢喜粗野，对于你最合适的，恐怕还是柔情！"

但这小雏儿虽天真却不俗气。她不讨厌他。她向他说：

"你傍我这边坐下来，我们再来谈谈一点别的问题，会不会妨碍你？你怕我吗？"

青年人无话可说，只好微带腼腆站近了一点，又把手遮着额部，眺望海中远处，吃惊似的喊着：

"我们的船并不在海中，一定还在岩壁附近。"

他们所在的地方，已接近沙滩，为一个小阜上，却被树林隔着了视线，左边既不能见着岩壁，右边也看不到沙滩，只是前面一片海在脚下展开。年轻男子走过左边去，不见什么，又走过右边去，女人那只白色小艇正斜斜的翻卧在沙滩上，赶忙跑回来告给女人。

女的口上说，"船坏了并不碍事，"心中却想着："应当有比这小船儿更坚固结实的'小船'，容载这个心，向宽泛无边的人海中摇去！"她看看面前，却正泊着一只理想的小船。强健的胳膊，强健的灵魂，一切皆还不曾为人事所脏污。如若有所得的微笑着，她几乎是本能地感到了他们的未来一切。

她觉得自己是美丽的，且明白在面前一个人眼光中，她几乎是太美丽了。她明白他曾又怯又贪注意过她的身体每一部分。她有些羞恶，但她却不怕他。也不厌烦他。

他毫无可疑，只是一个大学一年生，一切兴味同观念，就是对女人的一分知识，也不会离开那一年级生的限制。他读书并不多，对于人生的认识有限。他慢慢的在学习都市中人的生活，他也会成为庸碌而无个性的城市中人。她初初看他，好像全不俗气，多谈了几句话，就明白凡是高级中学所输给学生的那分坏处，这个人也完全得到他应得的一分。但不知怎么样的稀奇原因，这带着乡下人气分的男子，单是那点野处单纯处，使她总觉得比绅士有意思些，他并不十分聪明，但初生小犊似的，天下事什么都不怕的勇气，仿佛虽不使他聪明，却将令他伟大。真是的，这孩子可以伟大起来！

她问他：

"你每天洗海水浴吗？"

他点着头。她又问：

"你什么时候离开这海滨？"

"我自己也不知道。"

"自己应当知道自己。想怎么样就怎么样,你难道不想么?"

"我想也没有用处。"

"你这是小孩子说法,还是老头子说法?小孩子,相信爸爸,因为家中人管束着他,可以那么说。老头子相信上帝,因为一切事皆以为上帝早有安排,故常常也不去过分折磨自己情感。你……"

女的说到这里时,她眼看着身边那一个有一分害羞的神气,她就不再说下去了。她估计得出他不是个老头子。她笑了。

那男子为了有人提说到小孩与老人,意思正像请他自行挑选,他便不得不说出下面的话:

"我跟了我爸爸来的。我爸爸在××部里做参事,有人请我们上崂山去,我在山上住了两天厌倦了,独自跑回来了,爸爸还在山上作诗!"

"你爸爸会作诗吗?"

"他是诗人,他同梁任公夏××曾……"

"啊,你是××先生的少爷吗?"

"你认识我爸爸吗?"

"在××讲演时我见过一次,我认得他,他不认识我。"

"你愿不愿意告给我……"

女的想起了自己来此,本不愿意另外还有人知道她的打算了,她极不愿意人家知道她是××总长的小姐,她尤其不愿意想傍近她的男子,知道她是个百万遗产的承继人。现在被问到时,她一时不易回答,就把手摇着,且笑着,不许男的询问。且说:

"崂山好地方,你不欢喜吗?"

"我怕寂寞。"

"寂寞也有寂寞的好处,它使人明白许多平常所不明白的事情。但不是年轻人需要的,人年纪轻轻地时节,只要的是热闹生活,不会在寂寞中发现什么的。"

"你样子像南方人,言语像北方人。"

"我的感情呢,什么都不像。"

"我似乎在什么地方看过你。"

"这是句绅士说的话。绅士看到什么女人,想同她要好一点时,就那么说,其实他们在过去任何一时皆并不见到。他那句话意思也不过是说'我同你熟了'或'看你使人舒服'罢了。你是不是这意思?"

男的有点羞怯了,把手去抓取身边小石子,奋力向海中掷去,要说什么又不好说,不敢说,其实他记忆若好一点,就能够说得出他在某种画报上看到过她的相片。但他如今一时却想不起。女的希望他活泼点,自由点,于是又说:

"我们应当成为很好的朋友,你说,我是怎么样一种人?"

男的说:

"我不知道你是怎么样身份的人,但你实在是个美人!"

听到这种不文雅的赞美,女的却并不感觉怎样难堪。其实他不必说出来,她就知道她的美丽早已把这孩子眼目迷乱了。这时她正躺着,四肢匀称柔和,她穿的原是一件浴衣,浴衣外面再罩了一件白色薄绸短褂。这短褂落水时已弄湿,紧紧地贴着身体,各处襞皱着。她这时便坐了起来,开始脱去那件短褂,拧去了水,晾到身边有太阳处去。短褂脱掉后,这女人发育合度的肩背与手臂,以及那个紧束在浴衣中典型的胸脯,皆收入了男子的眼底。

男子重新拾起了一粒石子,奋力向海中抛去,仿佛那么一来,把一点引起妄想的东西同时也就抛入了海中。他说:"得把它摔得极远极远,我会做这件事!"但石子多着,他能摔尽吗?

女的脱掉短褂后,站起来活动了一下四肢,也拾起了一粒石子向海中摔去,成绩似乎并不出色,女的便解嘲一般说道:

"这种事我不成,这是小孩子做的事!"

两人想起了那只搁在浅滩上的小船,便一同跑下去看船,从水中拉起搁到沙上,且坐在那船边玩。玩得正好,男的忽向先前两人所在的小阜上跑去,过一会,才又见他跑回来,原来他为得是去拿女人那件短褂,把短褂拿来时晾到船边,直到这时,两人似乎才注意到男子身上所穿的衣服,不是入水的衣服。这男孩子把船从浴场方面绕过炮台摇来时,本不预备到水中去,故穿得是一件白色翻领衬衫,一件黄色短裤。当时因为匆忙援

救女子，故从岩壁上直向海中跳下，后来虽离了险境，女子苏醒了，只顾同她谈话，把自己全身也忘记了。

若干时以来，湿衣在身上还裹着，这时女子才说：

"你衣全湿了，不好受吧。"

"不碍事。"

"你不脱下衣拧拧吗？"

"不碍事，晒晒就干了。"

男子一面用木枝画着沙土，一面同女子谈了很多的话。他告给她，关于他自己过去未来的事情，或者说得太多了些，把不必说到的也说到了，故后来女人就问他是不是还想下海中去游泳一阵，他说他可以把小船送她回到惠泉浴场去，她却告他不必那么费事，因为她的船是旅馆的，走到前面去告给巡警一声，就不再需要照料了。她自己正想坐车回去。

其实她只是因为同这男子太接近了，无从认清这男子。她想让他走后，再来细细玩味一下这件凑巧的奇遇。

她爬上小阜去，眼看到那男孩子上了船，把船摇着离开了海岸后，这方面摇着手，那方面也摇着手，到后船转过峭壁不见了，她方重新躺下，甜甜的睡了一阵。

他们第二天又在浴场中见了面。

他们第三天又把船沿海摇去，停泊在浴人稀少的长沙旁小湾里，在原来树林里玩了半天，分别时，那女孩子心想："这倒是很好的，他似乎还不知道说爱谁，但处处见得他爱我！"她用的是快乐与游戏心情，引导这个男孩子的感情到了一个最可信托的地位。她忘了这事情的危险。弄火的照例也就只因为火的美丽，忘了一切灼手的机会。

那男孩子呢，他欢喜她。他在她面前时，又活泼，又年轻，离开她时，便诸事毫无意绪，他心乱了。他还不会向她说"他爱了她"，他并不清楚什么是爱。

她明白他是不会如何来说明那点心中烦乱的爱情的，她觉得这些方面美丽处，永远在心上构成一条五色的虹。

但两人在凑巧中成了朋友，却仍然在另一凑巧中发生了点误会，终于又离开了。

（一个极长的冬天。）

那年秋天他转入了北平的工业大学理科。她也到了北平入了燕京大学的文科二年级。

他们仍然见了面。她成了往日在南海之滨所见到的一个十七岁女孩子，非得到那个男孩子不成了。

她爱了他。他却因为明白了她是一个官僚的女子，且从一些不可为据的传闻上，得到这个女人一些故事，他便尽避着她。

年龄同时形成两人间一重隔阂，女人却在意外情形中成为一个失恋者。在各样冷淡中她仍然保持到她那分真诚。至于他呢，还只是一个二十一岁的孩子，气概太强了点，太单纯了点，只想在化学中将来能有一分成就，对于国家有所贡献，这点单纯处使他对于恋爱看得与平常男子不同了。事实上他还是个小孩子，有了信仰，就不要恋爱了。

如此在一堆无多精彩的连续而来的日子中，打发了将近一千个日子。两人只在一分亲切友谊里自重的过下去。

到后却终于决裂了。女人既已毕了业，且在那个学校研究院过了一年，他也毕业了。她明白这件事应当有一个结束，她便告给他，她已预备过法国去。那男的只是用三年来已成习惯的态度，对于她所说的话表示同意，他到后却告她，他只想到上海一家化工厂做助理技师，积了钱再出国读书。

她告他只要他想读书，她愿意他把她当个好朋友，让她借给他一笔钱。他就说他并不想这样读书，这种读书毫无意思。

他们另外还说了别的，这骄傲美丽的男子，差不多全照上面语气答复女子。

她到后便什么话也不说，只预备走了。

他恰好于这时节在实验室中了毒。

后来入了医院，成为协和医院病房中一位常住者，病房中病人床边那张小椅子上，便常常坐了那个女子。

人在病中性情总温柔了些。

他们每天温习三年前那海上一切，这一片在各人印象中的海，颜色鲜明，但两人相顾，却都不像从前那么天真了。这病

对于女人给了许多机会，使女人的柔情在各种小事上，让那个躺在白色被单里的病人，明白它，领会它。

（春天，有雪微融的春天。不，黄叶作证，这不是春天！）

一辆汽车停顿在西山饭店前门土地上，出来了一个男子，一个硕长俊美的男子，一个女人，一个穿了绿色丝质长袍的女人，两人看了三楼一间明亮的房间。一会儿，汽车上的行李，一个黄衣箱，一个黑色打字机小箱，从楼下搬来时，女人告给穿制服的仆役，嘱告汽车夫，等一点钟就要下山。

过了一点钟后，那辆汽车在八里庄坦平官道上向城中跑去时，却只是一辆空车。

……

将近黄昏时，男子拥了薄呢大衣，伴同女人立定在旅馆屋顶石栏杆边，望一抹轻雾流动于山下平田远村间，天上有 霞如女人脸辅，天空东北方角隅里，现出一粒星星，一切皆如梦境。旅馆前面是上八大处的大道，山道上正有两个身穿中学生制服的女孩子，同一个穿翻领衬衣黄色短裤的男子，向旅馆看门人询问上山过某处的道路。一望而知，这些年轻人都是从城中结伴上山来旅行的。

女人看看身旁久病新瘥的男子，轻轻地透了口气。

去旅馆大约半里远近，有一个小小山阜，阜上种得全是洋槐，那树林浴在夕阳中，黄色的叶子更耀人眼目。男子似乎对这小阜发生了兴味，向女人说：

"我们到那边去看看好不好？"

女人望了一望他的脸儿，便轻轻地说：

"你不是应当休息吗？"

"我欢喜那个小山。"男的说，"这山似乎是我们的……"

"你不能太累！"女的虽那么说，却侧过了身，让男的先走。

"我精神好极了，我们去玩玩，回来好吃饭。"

两人不久就到了那山阜树林，这里一切恰恰同数年前的海滨地方一样，两人走进树林时，皆有所惊讶，不约而同急促的举步穿过树林，仿佛树林尽处，即是那片变化无方的大海。但到了树林尽头处，方明白前面不是大海，却只是一个私人的坟地。女的一见坟地，为之一怔，站着发了痴。男的却不注意到这坟地，只愉快的笑着。因为更远处，夕阳把大地上一切皆镀了金色，奇景当前，有不可形容的瑰丽。

男子似乎走得太急促了一些，已微微作喘，把手递给女子后，便问女子这地方像不像一个两人十分熟悉的地方。她听着这个询问时，轻微的透了一口气，勉强笑着，用这个微笑掩饰了自己的感情。

"回忆使人年轻了许多。"男的自言自语的说着。

但那女的却在心中回答着："一个人用回忆来生活，显见得这人生活也只剩下些残余渣滓了。"

晚风轻轻地刷着槐树，黄色叶子一片一片落在两人身上与脚边，男子心中既极快乐，故意作成感慨似的说：

"夏天过了，春天在夏天的前面，继着夏天而来的是秋天。多美丽的秋天！"

他说着，同时又把眼睛望着有了秋意的女人的眼、眉、口、鼻。她的确是美丽的，但一望而知这种美丽不是繁花压枝的三月，却是黄叶藉地的八月。但他现在觉得她特别可爱，觉得那点妩媚处，却使她超越了时间的限制，变成永远天真可爱，永远动人吸人的好处了。他想起了几年来两人间的关系，如何交织了眼泪与微笑。他想起她因爱他而发生的种种事情，他想起自己，几年来如何被爱，却只是初初看来好像故意逃避，其实说来则只漫无理性的拒绝，便带了三分羞惭，把一只手向女人伸去，两人握着了手，眼睛对着眼睛时，他便抱歉似的轻轻地说：

"我快乐得很。我感谢你。"

女人笑了。瞳子湿湿的，放出晶莹的光。一面愉快的笑，一面似乎也正孤寂的有所思索，就在那两句话上，玩味了许久，也就正是把自己嵌入过去一切日子里去。

过了一会，女人说：

"我也快乐得很。"

"我觉得你年轻了许多，比我在山东那个海边见你时还年轻。"

"当真吗？"

"你看我的眼睛，你看看，你就明白你的美丽，如何反映在一个男子惊讶上！"

"但你过去从不为什么美丽所惊讶，也不为什么温柔所屈服。"

"我这样说过吗？"

"虽不这样说过，却有这样事实。"

他傍近了她，把另一只手轻轻地搭上她的肩部，且把头靠近她鬓边去。

"我想起我自己糊涂处，十分羞惭。"

她把脸掉过去，遮饰了自己的悲哀，却轻轻地说道：

"看，下面的村子多美！……"

男子同一个小孩子一样。走过她面前去，搜索她的脸，她便把头低下去，不再说话。他想拥抱她，她却向前跑了。前面便是那个不知姓氏的坟园短墙，她站在那里不动，他赶上前去把她两只手捏得紧紧的，脸对着脸，两人皆无话可说。两人皆似乎触着一样东西，喑哑了，不能用口再说什么了。

女的把一只白白的手抚摩着男的脸颊同胳膊，"冷不冷？夜了，我们回去。"男的不说什么，只把那只手拖过嘴边吻着。

两人默默地走回去。

到旅馆后，男的似乎还兴奋，躺在一张靠背椅上，女的则站在他的身边，带着亲切的神气，把手去摸男子的额部，且轻轻地问他：

"累不累？头昏不昏？"

男的便仰起头颅，看到女人的白脸。作将近第五十次带着又固执又孩气的模样说：

"我爱你。"

女的笑说：

"不爱既不必用口说我就明白，爱也无须乎用口说。"

男的说：

"还生我的气吗？"

女的说：

"生你什么气？生气有什么用处？"

两人后来在煤油灯下吃了晚饭。饭吃过后，女的便照医生所嘱咐的把两种药水混合到一个小瓶子里，轻轻地摇了一会，再倒出到白瓷杯子里去。

服过了药，男的躺在床上，女的便坐在床边，同他来谈说一切过去事情。

两人谈到过去在海边分手那点误会时，男的向女的说：

"……你不是说过让我另外给你一个机会，证明你是个什么样的人吗？我问你，究竟是什么样的机会？"

女的不说什么，站起了一下，又重复坐下去，把脸贴到男的脸边去。男的只觉得香气醉人，似乎平时从不闻过这种香味。

第二天早上约莫八点钟，男的醒来时，房中不见女人，枕头边有个小小信封，一个外面并不署名，一拈到手中却知道有信件在里面的白色封套。撕去了那个信封的纸皮，里面果然有一张写了字的白纸，信上写着：

　　不知为什么，我总觉得走了较好，为了我的快乐，为了不委屈我自己的感情，我就走了。莫想起一切过去有所痛苦，过去既成为过去，也值不得把感情放在那上面去受折磨。你本来就不明白我的。我所希望的，几年来为这点愿心经验一切痛苦，也只是要你明白我。现在你既然已明白我，而且爱了我，为了把我们生命解释得更美一些，我走了，当然比我同你住下去较好的。

　　你的药已配好，到时照医生嘱咐按时服药，服后安安静静的睡觉。学做个男子，学做个你自己平时以为是男子的模样，不必大惊小怪，不必让旅馆中知道什么。

　　希望你能照往常一样，不必担心我的事情。我并不是为了增加你的想念而走的，我只觉得我们事情业已有了一个着落，我应当走，我就走了。

　　愿天保佑你

　　　　　　　　　　　　　　　　　　　　　　　如蕤留

把信看完后，他赶忙揿床边电铃。听差来了，他手中还捏着那个信，躺在床上。本想询问那听差的，同房女人什么时候下的山，但一看到听差，却不做声，只把头示意，要他仍然出去。听差拉上了门出去后，他伸手去攫取那个药瓶，药瓶中的白汁，被振荡时便发着小小泡沫。

他望着这些泡沫在振荡静止以后就消灭了，便继续摇着。他爱她，且觉得真爱了她。

一九三三年六月作于青岛

简 析

这是一部典型的以都市生活为题材的小说。作者打乱了正常的四季交替，从秋写到夏，到冬，最后才写到了春天，采用倒叙的方式，叙述了如蕤的爱情经历。在闷热的夏季，如蕤抛弃热闹和喧哗去寻找心灵的方向，不期然遇见了自己的爱情。她爱得执著、爱得痛苦、爱得艰难，就像漫长的冬季。在充满希望的春天，她赢得了爱情，但为了"不委屈自己的感情"，她选择了离开。在沈从文的笔下，如蕤和其他湘西女孩一样温柔、美丽、活泼而又有魅力，但较之湘西女孩更成熟、更有个性。她生活在都市的庸俗中，但却"出淤泥而不染"。作者通过如蕤再现了上流社会人性沦落的黑暗图景，对都市上流社会提出反庸俗的要求。

黄　昏

　　雷雨过后，屋檐口每一个瓦槽还残留了一些断续的点滴，天空的雨已经不至于再落，时间也快要夜了。

　　日头将落下那一边天空，还剩有无数云彩，这些云彩阻拦了日头，却为日头的光烘出炫目美丽的颜色。这一边，有一些云彩镶了金边、白边、玛瑙边、淡紫边，如都市中妇人的衣缘，精致而又华丽。云彩无色不备，在空中以一种魔术师的手法，不断地在流动变化。空气因为雨后而澄清，一切景色皆如一人久病新瘥的神气。

　　这些美丽天空是南方的五月所最容易遇见的，在这天空下面的城市，常常是崩颓衰落的城市。由于国内连年的兵乱，由于各处种五谷的地面都成了荒田，加之毒物的普遍移植，农村经济因而就宣告了整个破产，各处大小乡村皆显得贫穷和萧条，一切大小城市则皆在腐烂，在灭亡。

　　一个位置在长江中部×省×地邑的某一县，小小的石头城里，城北一角，傍近城墙附近一带边街上人家，照习惯样子，到了这时节，各个人家黑黑的屋脊上小小的烟囱，都发出湿湿的似乎分量极重的柴烟。这炊烟次第而起，参差不齐，先是仿佛就不大高兴燃好，待到既已燃好，不得不勉强自烟囱跃出时，一出烟囱便无力上扬了。这些炊烟流连于屋脊，徘徊踟蹰，团结不散，终于就结成一片，等到黄昏时节，便如帷幕一样，把一切皆包裹到薄雾里去。

　　××地方的城沿，因为一排平房同一座公家建筑，已经使

这个地方任何时节都带了一点儿抑郁调子，为了这炊烟，一切变得更抑郁许多了。

这里一座出名公家建筑就是监狱。监狱里关了一些从各处送来不中用的穷人，以及十分老实的农民，如其余任何地方任何监狱一样。与监狱为邻，住的自然是一些穷人。这些穷人的家庭，大都是那么组成：一个男主人，一个女主人，以及一群大小不等的孩子。主人多数是各种仰赖双手挣取每日饭吃的人，其中以木工为多。妇人大致眼睛红红的，脸庞瘦瘦的，如害痨病的样子。孩子则几乎全部分是生来不养不教，很稀奇的活下来，长大以后不做乞丐，就只有去做罪人那种古怪生物。近年来，城市中许多人家死了人时，都只用蒲包同芦席卷去埋葬，棺木也不必需了，木工在这种情形中，生活全陷入不可以想象的凄惨境遇里去。有些不愿当兵不敢做匪又不能做工的，多数跑到城南商埠去做小工，不管什么工作都做，只要可以生活下去就成。有些还守着自己职业不愿改行的，就只整天留在家中，在那些发霉发臭的湿地上，用一把斧头削削这样砍砍那样，把旧木料作成一些简单家具，堆满了一屋，打发那一个接连一个而来无穷尽的灰色日子。妇人们则因为地方习惯，还有几件工作，可以得到一碗饭吃。由于细心，谨慎，耐烦，以及工资特别低廉种种长处，一群妇人还不至于即刻饿死。她们的工作多数是到城东莲子庄去剥点莲蓬，茶叶庄去拣选茶叶，或向一个鞭炮铺，去领取些零数小鞭炮，拿回家来编排爆仗，每一个日子可得一百文或五分钱。小孩子，年龄较大的，不管女孩男孩，也有跟了大人过东城做工，每日挣四十文左右的。只有那些十岁以下的孩子，大多数每日无物可吃，无事可做，皆提了小篮各处走去，只要遇到什么可以用口嚼的，就随手塞到口中去。有些不离开家宅附近的，便在监狱外大积水塘石堤旁，向塘边钓取鳝鱼。这水塘在过去一时，也许还有些用处，单从四围那些坚固而又笨重的石块垒砌的一条长长石堤看来，从它面积地位上看来，都证明这水塘在过去一时，或曾供给了全城人的饮料。但到了如今，南城水井从山中导来了新水源，西城多用河水，这水塘却早已成为藏垢纳污的所在地了。塘水容纳了一切污水脏物，长年积水颜色黑黑的，绿绿的，上面盖了一层厚衣，在太阳下蒸发出一种异常的气味，各方点浅处，天气热时，就从泥底不断的喷涌出一些水泡。

水塘周围石堤罅穴多的是鳝鱼。因为新雨过后，天气凉爽了许多，塘水增加了些由各处汇集而来的雨水，也显得有了点生气。在浊水中过日子的鳝鱼，这时节便多伸出头来，贴近水面，把鼻孔向天呼吸新鲜空气。监狱附近住家的小孩子，于是很兴奋的绕了水塘奔走，全露出异常高兴的神气。他们把从旧扫帚上抽来的细细竹竿，尖端系上一尺来长的麻线，麻线上系了小铁钩，小铁钩钩了些蛤蟆小腿或其他食饵，很方便插到石罅里去后，就静静地坐在旁边看守着。一会儿竹竿极沉重的向下坠去，竹竿有时竟直入水里去了，面前那一个便捞着竹竿，很敏捷的把它用力一拉，一条水蛇一样的东西，便离开水面，在空中蜿蜒不已。把鳝鱼牵出水以后，大家嚷着笑着，争着跑过这一边来看取鳝鱼的大小。有人愿意把这鳝鱼带回家中去，留做家中的晚餐，有人又愿意就地找寻火种，把一些可以燃烧的东西收集起来，在火堆上烧鳝鱼吃。有时鳝鱼太小，或发现了这一条鳝鱼，属于习惯上所说的有毒黑鳝，大家便抽签决定，或大家在混乱中竞争抢夺着，打闹着，以战争来解决这一条鳝鱼所属的主人。直到把这条业已在争夺时弄得半死的鳝鱼，归于最后的一个主人后，这小孩子就用石头把那鳝鱼的头颅捣碎，才提着那东西的尾巴，奋力向塘中掷去，算是完成了钓鱼的工作。

天晚了，那些日里提了篮子，赤了双脚，沿了城墙走去的妇女，到这时节，都陆续回了家。回家途中从菜市过身，就把当天收入，带回些糙米，子盐，辣椒，过了时的瓜菜，以及一点花钱极少便可得到的猪肠牛肚，同一钱不花也可携回的鱼类内脏。每一家烟囱上的炊烟，就为处置这些食物而次第升起了。

因为妇人回了家，小孩子们有玩疲倦了的，都跑回家中去了。

有小孩子从城根跑来，向水塘边钓鱼小孩子嚷着，"队伍来提人了，已经到了曲街拐角上，一会儿就要来了。"大家知道兵士来此提人，有热闹可看了，呐一声喊，一阵风似的向监狱衙署外大院子集中冲去，等候队伍来时，欣赏那扛枪兵士的整齐

步伐。

监狱里原关了百十个犯人，一部分为欠了点小债，或偷了点小东西，无可奈何犯了法被捉来的平民，大多数却为兵队从各处乡下捉来的农民。驻扎城中的军队，除了征烟苗税的十月较忙，其余日子就本来无事可做，常常由营长连长带了队伍出去，同打猎一样，走到附郭乡下去，碰碰运气随随便便用草绳麻绳，把这些乡下庄稼人捆上一批押解入城，牵到团部去胡乱拷问一阵，再寄顿到这狱中来。或于某种简单的糊涂的问讯中，告了结束，就在一张黄色桂花纸上，由书记照行式写成具结，把这乡下庄稼汉子两只手涂满了墨汁，强迫按捺到空白处，留下一双手模，算是承认了结上所说的一切，于是当时派队伍就把这人牵出城外空地上砍了。或者这人说话在行一点，还有几个钱，又愿意认罚，后来把罚款缴足，随便找寻一个保人，便又放了。在监狱附近住家的小孩子，除了钓鳝鱼以外，就是当军队派十个二十个弟兄来到监狱提人时，站在那院署空场旁，看那些装模作样的副爷，如何排队走进衙署里，后来就包围了监狱院墙外，等候看犯人外出。犯人提走后，若已经从那些装模作样的兵士方面，看出一点消息，知道一会儿这犯人愚蠢的头颅就得割下时，便又跟了这队伍后面向城中团部走去，在军营外留下来，一直等到犯人上身剥得精光，脸儿青青的，头发乱乱的，张着大口，半昏半死的被几个兵士簇拥而出时，小孩子们就在街头齐声呐喊着一句习惯的口号送行：

"二十年一条好汉，值价一点！"

犯人或者望望这边，也勉强喊 两声撑撑自己场面，或沉默的想到家中小猪小羊，又怕又乱，迷迷糊糊走去。

于是队伍过身了。到后面一点，是一个骑马的副官拿了军中大令，在黑色小公马上战摇摇的掌了黄龙大令也过身了。再后一点，就轮派到这一群小孩子了。这一行队伍大家皆用小跑步向城外出发，从每一条街上走过身时，便吸引了每一条街上的顽童与无事忙的人物。大伙儿到了应当到的地点，展开了一个圈子，留出必需够用的一点空地，兵士们把枪从肩上取下，装上了一排子弹，假作向外预备放的姿势，以为因此一来就不会使犯人逃掉，也不至于为人劫法场。看的人就在较远处围成了一个大圈儿。一切布置妥当后，刽子手从人丛中走出，把刀藏在身背后，走近犯人身边去，很友谊似的拍拍那乡下人的颈项，故意装成从容不迫的神气，同那业已半死的人嘱咐了几句话，口中一面说"不忙，不忙，"随即嚓的一下，那个无辜的头颅，就远远的飞去，发出沉闷而钝重的声音坠到地下了，颈部的血就同小喷泉一样射了出来，身子随即也软软的倒下去，呐喊声起于四隅，犯人同刽子手同样的被人当做英雄看待了。事情完结以后，那位骑马的押队副官，目击世界上已经少了一个恶人，除暴安良的责任已尽，下了一个命令，领带队伍，命令在前面一点儿的号手，吹了得胜回营的洋号缴令去了。看热闹人也慢慢的走开了。小孩们不即走开，他们便留下来等待看到此烧纸哭泣的人，或看人收尸。这些尸首多数是不敢来收的，在一切人散尽以后，小孩子们就挑选了那个污浊肮脏的头颅作戏，先是用来作为一种游戏，到后常常互相扭打起来，终于便让那个气力较弱的人滚跌到血污中去，大家才一哄而散。

今天天气快晚了，又正落过大雨，不像要杀人的样子。

这个时节，那在监狱服务了十七年的狱丁，正赤了双脚在衙署里大堂面前泥水里，用铲子挖掘泥土，打量把积水导引出去。工作了已经好一阵，眼见得毫无效果，又才去解散一把竹扫帚，取出一些竹竿，想用它来扶持那些为暴雨所摧残业已淹卧到水中的向日葵。院落中这时有大部分还皆淹没在水里，这老狱丁从别处讨来的凤仙花，鸡冠花，洋菊同秋葵，以及一些为本地人所珍视的十样锦花，在院中土坪里各据了一畦空地，莫不皆浸在水中。狱丁照料到这样又疏忽了那样，所以做了一会事，看看什么都做不好，就不再做了，只站在大堂房檐下，望天上的晚云。一群窝窝头颜色茸毛未脱的雏鸭，正在花草之间的泥水中，显得很欣悦很放肆的游泳着，在水中扇动小小的肉翅，呀呀的叫嚷，各把小小红嘴巴连头插进水荡中去，后身撅起如一顶小纱帽，其中任何一只小鸭含了一条蚯蚓出水时，其余小鸭便互相争夺不已。

老狱丁正计算到属于一生的一笔账项，数目弄得不大清楚，

为了他每个月的薪俸是十二串，这钱分文不动已积下五年，应承受这一笔钱的过房儿子已看好了，自己老衣也看好了，寿木也看好了，他把一切处置得妥当后，却来记忆追想，为什么年轻不结婚。他想起自己在营伍中的荒唐处，想起几个与生活有关白脸长眉的女人，一道回忆的伏流，正流过那衰弱敝旧的心上，眼睛里燃烧了一种青春的湿光。

只听到外边有人喊"立正，稍息"，且有马项铃响，知道是营上来送人提人的，故忙匆匆的端了水出去，看是什么事情。

军官下了马后，长统皮靴在院子里水中堂堂的走着，一直向衙署里面走去，守卫的岗警立了正，一句话也不敢询问，让这人向侧面闯去，后面跟了十个兵士，狱卒在二门前迎面遇到了军官，又赶忙飞跑进去，向典狱官报告去了。

典狱官是一个在烟灯旁讨生活的人物，这时正赤脚短裤坐在床边，监督公丁蹲在地下煨菜，玄想到种种东方形式的幻梦，狱卒在窗下喊着：

"老爷，老爷，营上来人了！"

这典狱官听到营上来人，可忙着了，拖了鞋就向外跑。

军官在大堂上站定了，用手指弄着马鞭末端的穗组，兵士皆站在檐口前，典狱官把一串长短不一的钥匙从房中取出来，另外又携了一本寄押人犯的账簿，见了军官时就赶忙行礼，笑眯眯地侍候到军官，喊公丁赶快搬凳子倒茶出来。

"大人，要几个？"

军官一句话不说，递给了典狱官一个写了人名的字条，这典狱官就在暮色满堂的衙署大堂上轻轻地念着那个字条，把它看过了，忙说"是的是的"，就首先带路拿了那串钥匙，夹了那本账簿，向侧面牢狱走去。一会儿几个人都在牢狱双重门外站定了。

老狱丁把钥匙套进锁口里去，开了第一道门又开第二道门，门开了，里面已黑黑的，只见远处一些放光的眼睛，同模糊的轮廓，典狱官按照名单喊人。

"赵天保，赵天保，杨守玉，杨守玉，"

有两只放光的眼睛出来了，怯怯的跑过来，自己轻轻地说着"杨守玉，杨守玉。"一句别的话也不说，让兵士拉出去了。典狱官见来了一个，还有一个，又重新喊着姓赵的人名，狱丁也嘶着喉咙帮同喊叫，可是叫了一阵人还是不出来。只听到黑暗里有乡下人口音：

"天保，天保，叫你去，你就去，不要怕，一切是命！"

另外还有人轻轻地说话，大致都劝他出去，因为不出去也是不行的。原来那个被提的人害怕出去，这时正躲在自己所住的一堆草里。这是一种已成习惯的事情，许多乡下人，被拷打过一次，或已招了什么，在狱中住下来，一听到提人叫到自己名姓时，就死也不愿意再出去，一定得一些兵士走进来，横拖竖拉才能把他弄出。这种事在狱中是常有的，军人同狱官也看惯了，狱官这时望了一望军官，军官望了一望兵士，几个人就一拥而进到里面去了。于是黑暗中起了殴打声，喘气声，以及一个因为死命抱着柱子不放，一群七手八脚的动作，抵抗征服的声音。一会儿，便看见一团东西送出去了。典狱官知道事情业已办好，把门一道一道关好，一一的重新加上笨重的铁锁，同军官离开了牢狱，回到大堂，验看了犯人一下，尽了应尽的手续，正想说几句应酬话，谈谈清乡的事情，禁烟的事情，军官努努嘴唇，一队人马重新排队，预备开步走出衙署了。

老狱卒走过那个先是不愿意离开牢狱，被人迫出以后，满脸是血目露凶光的乡下人身边来，"天保，有什么事情没有？"犯人口角全是血，喘息着，望到业已为落日烧红的天边，仿佛想得很远很远，一句话一个表示都没有。另外一个乡下人样子，老老实实的，却告给狱吏：

"大爷，我砦上人来时，请你告诉他们，我去了，只请他们帮我还村中漆匠五百钱，我应当还他这笔钱。……"

于是队伍堂堂的走了。典狱官同狱卒送出大门，站到门外照墙边，看军官上了马，看他们从泥水里走去。在门外业已等候了许久的小孩子们，也有想跟了走去，却为家中唤着不许跟去，只少数留在家中也无晚饭可吃的小孩，仍然很高兴的跟着跑去。天上一角全红了，典狱官望到天空，狱卒也望天空，一切是那么美丽而静穆。一个公丁正搬了高凳子来，把装满了

菜油的小灯，搁到衙署大门前悬挂的门灯上去。大门口全是泥泞，凳子因为在泥泞中摇晃不定，典狱官见着时正喊：

"小心一点！小心一点！"

虽然那么嘱咐，可是到后凳子仍然翻倒了，人跌到地下去，灯也跌到地下了。灯油溅泼了一地，那人就坐在油里不知如何是好。典狱官心中正有一点儿不满意适间那军官的神气，就大声说：

"我告诉你小心一点，比营上火夫还粗鲁，真混账！"

小孩子们没有散尽的，为这件事全聚集了拢来。

岗警把小孩子驱散后，典狱官记起了自己房中煨的红烧肉，担心公丁已偷吃去一半，就小小心心的从那满是菜油的泥泞里走进了衙门。狱丁望着那坐在泥水里的公丁，努努嘴，意思以为起来好一点，坐在地下有什么用，也跟着进去了。

天上红的地方全变为紫色，地面一切角隅皆渐渐的模糊起来，于是居然夜了。

🎵 简析

国内战争、帝国主义的经济入侵带给中国巨大的变动——经济破产、城市糜烂、农村萧条贫穷。在冷落氛围笼罩下的乡村人经历了劫数对生命的荼毒，而他们对生活的安然态度与所处的可悲境地之间恰好形成了巨大的空间反差。男女老幼在简单无聊中度日，在贫穷饥饿中生存，一切都因习惯而麻木了。对监狱和枪杀犯人的大幅描写为黄昏绘上了血腥的颜色，但刺激的仅是围观人的眼睛而不是他们的心灵。这些乡下人看似生活紧张，实则没有希望和未来。正是这种面对死亡和没有希望的安然态度，使人想起加谬笔下的"局外人"所带有的荒谬意味。沈从文通过自己的艺术描绘为我们生动地勾勒了湘西世界在本世纪上半叶的落后与痛苦，以及他们所面临的挣脱命运羁绊走向新生的可能性。

主 妇

　　我们住处在滇池边五里远近。虽名叫桃园，狭长小院中只三株不开花的小桃树点缀风景。院中还种有一片波斯菊，密丛丛的藻形柔弱叶干，夏末开花时，顶上一朵朵红花白花，错杂如锦如绮。桃树虽不开花，从五月起每到黄昏即有毒蛾来下卵，两三天后枝桠间即长满了美丽有毒毛毛虫。为烧除毛毛虫，欢呼中火燎齐举，增加了孩子们的服务热忱，并调和了乡居生活的单调与寂静。

　　村中数十所新式茅草房，各成行列分散于两个山脚边，雨季来临时，大多数房顶失修，每家必有一二间漏雨。我们用作厨房的一间，斜梁接榫处已开裂，修理不起，每当大雨倾盆，便有个小瀑布悬空而下。这件事白天发生尚容易应付，盆桶接换来得及。若半夜落雨，就得和主妇轮流起身接倒。小小疏忽厨房即变成一个水池，有青蛙爬上碗橱爬上锅盖，人来时还大不高兴神气，咚的一声跳下水。原来这可爱生物已把它当作室内游泳池，不免喧宾夺主！不漏雨的两间，房屋檐口太浅，地面土又松浮，门前水沟即常常可以筑坝。雨季中室内因之也依然常是湿霉霉的。主妇和孩子们，照例在饭后必用铲子去清除，有时客人还得参加。雨季最严重的七八月，每夜都可听到村中远近各处土墙倾圮闷钝声，恰如另外一时敌机来临的轰炸。一家大小四口，即估计着这种声音方向和次数，等待天明。因为万一不幸，这种圮坍也随时会在本院发生！

　　可是这一切都已经成为过去，仿佛和当前生活离得很远了。

战争已结束，雨季也快结束了。我们还住在这个小小村子中，照样过着极端简单的日子，等待过年，等待转回北平。长晴数日，小院子里红白波斯菊在明净阳光中作成一片灿烂，滇池方面送来微风时，在微风中轻轻摇荡，俯仰之间似若向人表示生命的悦乐，虽暂时，实永久。为的是这片灿烂，将和南中国特有的明朗天宇及翠绿草木，保留在这一家人的印象中，还可望另一时表现在文字中。一家人在这片草花前小桌凳上吃晚饭时候，便由毛毛虫和青蛙，谈到屋前大路边延长半里的木香花，以及屋后两丈高绿色仙人掌，如何带回北平去展览，扩大加强了孩子们对"明日"的幻想，欢笑声中把八年来乡居生活的单调，日常分上的困苦疲劳，一例全卸除了。

九月八号的下午，主妇上过两堂课，从学校带了一身粉笔灰回来，书还不放下即走入厨房。看看火已升好，菜已洗好，米已淘好，一切就绪，心中本极适意，却故意作成埋怨神气说："二哥，你又来揽事，借故停工，不写你的文章，你菜洗不好，淘米不把石子仔细拣干净，帮忙反而忙我。这些事让我来，省点事！"

我正在书桌边计划一件待开始的工作。我明白那些话所代表的意义，埋怨中有感谢，因此回答说，"所以有人称我为'象征主义者'我从不分辩。他指的也许是人，不是文章。然而'文如其人'，也马马虎虎。我怕你太累！一天到晚事做不完，上课，洗衣，做饭，缝衣，纳鞋，名目一大堆数也数不清，凡吃重事全由你担当。我纵能坐在桌边提起三钱二分重的毛笔，从从容容写文章，这文章写成有什么意义？事情分担一点点，我心里安些，生命也经济些。"

"你安心，今天已八号，礼拜五又到了，我心里可真不安！到时还得替你干着急，生命也真不经济！"

"你提起日子，倒引起了我另外一个题目。"

"可是你好像许多文章都只有个题目，再无下文。"

"有了题目就好办！今晚一定要完成它，很重要的，比别的任何事情都重要。我得战争！"

末后说的是八年来常说的一句老话。每到困难来临需要想法克服时，就那么说说，增加自己一点抵抗力、适应力。所不同处有时说得悲愤凄苦，有时却说得轻松快乐而已。

抗日战争结束后，八年中前后两个印象还明明朗朗嵌在我的记忆中。一是北平南苑第一回的轰炸，敌人二十七架飞机，在微雨清晨飞过城市上空光景。一是胜利和平那晚上，住桃园的六十岁加拿大老洋人彼得得到消息后，狂敲搪瓷面盆，满村子里各处报信光景。至于两个印象间的空隙，可得填上万千人民的死亡流离，无数名都大城的毁灭，以及万千人民理想与梦的蹂躏摧残，万千种哀乐得失交替。即以个人而言，说起来也就一言难尽！……我虽竭力避开思索温习过去生活的全部，却想起一篇文章，题名《主妇》，写成恰好十年。

同样是这么一天，北方入秋特有的明朗朗的阳光，在田野，在院中，在窗间由细纱滤过映到一叠白纸上。院中海棠果已红透，间或无风自落有一枚两枚跌到地面，发出小小钝声，有玉簪花的幽香从院中一角送来。小主妇带了周岁孩子，在院中大海棠树下和新从家乡来的老保姆谈家常，说起两年前做新妇的故事。从唯有一个新娘子方能感觉到的种种说下去，听来简直如一首"叙事诗"。可是说到孩子出生后，却忽然沉默了。试从窗角张望张望，原来是孩子面前掉落了一个红红的果子，主妇和老保姆都不声不响逗孩子，情形和我推想到的恰恰相反。孩子的每一举动，完全把身心健康的小主妇迷惑住了。过去当前人事景物印象的综合，十小时中我完成了个故事，题名《主妇》。第二天当作婚后三年礼物送给主妇时，接受了这份礼物，一面看一面微笑，看到后来头低下去，一双眼睛却湿了。过了一会儿才抬起那双湿莹莹眼睛，眼光中充满真诚和善良。

"你写得真好，谢谢你。我有什么可送你的？我为人那么老实，那么无用，那么不会说话。让我用素朴忠诚来回答你的词藻吧。盼望你手中的笔，能用到更重要广大一方面去。至于给我呢，一点平静生活，已够了。我并不贪多！"

听过这话后，我明白，我失败了，比如作画，尽管是一个名家高手，若用许多炫目彩色和精细技巧画个女人面影，由不相识的人看来，已够显得神情温雅，仪态端丽。但由她本人看

后，只谦虚微笑轻轻地说，"你画得很好，很像，可是恰恰把我素朴忘了。"这画家纵十分自负，也不免有一丝儿惭愧从心中升起，嗒然若丧。因为他明白，素朴善良原是生命中一种品德，不容易用色彩加以表现，一个年轻女人代表青春眼目眉发的光色，画笔还把握得住，至于同一人内蕴的素朴的美，想用朱墨来传神写照，可就困难了。

我当时于是也笑笑，聊以解嘲：

"第一流诗歌，照例只能称赞次一等的美丽。我文字长处，写乡村小儿女的恩怨，吃臭牛肉酸菜人物的粗鲁，还容易逼真见好，形容你这三年，可就笨拙不堪了。且让这点好印象保留在我的生命中，作为我一种教育，好不好？你得相信，它将比任何一本伟大的书还影响我深刻。我需要教育，为的是乡下人灵魂，到都市来冒充文雅，其实还是野蛮之至！"

"一本书，你要阅读的也许是一本《新天方夜谭》吧。你自己说过，你是个生活教育已受得足够，还需要好好受情感教育的人。什么事能教育你情感，我不大清楚。或想象，或行为，我都不束缚你拘管你。倘若有什么年轻的透明的心，美人的眉目笑靥，能启发你灵感，教育你的情感，是很好的事，只是大家都称道的文章，可不用独瞒我，总得让我也欣赏欣赏，不然真枉做了一个作家的妻子，连这点享受都得不到！"

话说得多诚实，多谦虚，多委婉！我几乎完全败北了。嗫嗫嚅嚅想有所分疏，感觉一切词藻在面对主妇素朴时都失去了意义。我借故逃开了。

从此以后，凡事再也不能在主妇面前有所辩解，一切雄辩都敌不过那个克己的沉默来得有意义有分量。从沉默或微笑中，我领受了一种既严厉又温和的教育，从任何一本书都得不到，从其他经验上也得不到的。

可是生命中却当真就还有一本《新天方夜谭》，一个从东方的头脑产生的连续故事，展开在眼前，内容荒唐而谲幻，艳冶而不庄。恰如一种图画与音乐的综合物。我搁下又复翻开，浏览过了好些片段篇章，终于方远远的把书抛去。

和自己弱点而战，我战争了十年。生命最脆弱一部分，即乡下人不见世面处，极容易为一切造型中完美艺术品而感动倾心。举凡另外一时另外一处热情与幻想结合产生的艺术，都能占有我的生命。尤其是阳光下生长那个完美的生物。美既随阳光所在而存在，情感泛滥流注亦即如云如水，复如云如水毫无凝滞。可是一种遇事忘我的情形，用人教育我的生活多累人！且在任何忘我情境中，总还有个谦退沉默黑脸长眉的影子，一本素朴的书，不离手边。

我看出了我的弱点，且更看出那个沉默微笑中的理解、宽容以及爱怨交缚。终于战胜了自己，手中一支笔也常常搁下了。因为我知道，单是一种艺术品，一种生物的灵魂明慧与肉体完美，以及长于点染丹黛调理眉额，对我其实并非危险的吸引。可怕的还是附于这个生物的一切优点特点，偶然与我想象结合时，扇起那点忧郁和狂热，我的笔若再无节制使用下去，即近于将忧郁和狂热扩大延长。我得从作公民意识上，凡事与主妇合作，来应付那个真正战争所加给一家人的危险、困难，以及长久持家生活折磨所引起的疲乏。这一来，家中一切都在相互微笑中和孩子们歌呼欢乐净化了。草屋里案头上，陆续从田野摘来的野花，朱红的，宝石蓝的，一朵朵如紫色火焰的，鹅毛黄还带绒的，延长了每个春天到半年以上，也保持了主妇情感的柔韧，和肉体灵魂的长远青春。一种爱和艺术的证实，装饰了这本素朴小书的每一页。

今天又到了九月八号，四天前我已悄悄的约了三个朋友赶明天早车下乡，并托带了些酒菜糖果，来庆祝胜利，并庆祝小主妇持家十三年。事先不让她知道。我自己还得预备一点礼物。要稍稍别致，可不一定是值钱的。深秋中浅紫色和淡绿色的雏菊已过了时，肉红色成球的兰科植物也完了，抱春花恹恹无生气，只有带绒的小蓝花和开小白花的捕虫草科一种，还散布在荒草泽地上。小白花柔弱细干负着深黄色的细叶，叶形如一只只小手伸出尖指，掌心中安一滴甜胶，引诱泽地上小小蚊蚋虫蚁。顶上白花小如一米粒，却清香逼人。一切虽那么渺小脆弱，生命的完整性竟令人惊奇，俨如造物者特别精心在意，方能慢慢完成。把这个花聚敛作一大簇，插入浅口黑陶瓷盂中，搁向窗

前时，那个黄白对比重叠交织，从黑黝黝一片陶器上托起，入目引起人一种入梦感觉。且感染于四周空气中，环境也便如浸润在梦里。

一家人就在这个窗前用晚饭。一切那么熟悉，又恰恰如梦。孩子们在歌哭交替中长大，只记得明天日本投降签字，可把母亲做新娘子日期忘了。七七事变刚生下地才一个多月的虎虎，已到了小学四年级，妈妈身边的第五纵队，闪着双顽童的大眼睛，向我提出问题。

"爸爸，你说打完仗，我们得共同送妈妈一件礼物，什么礼物？你可准备好了？"

"我当然准备得有，可是明天才让你们知道。"

十一岁的龙龙说，"还有我们的！得为我买本《天方夜谭》，给小弟买本《福尔摩斯》。"

主妇望着我笑着，"看《天方夜谭》还早！将来有的是机会。"

我说，"不如看我的《自传》动人，学会点顽童伎俩。至于虎虎呢，他已经是个小福尔摩斯了。"

小虎虎说："爸爸，我猜你一定又是演说，——一切要谢谢妈妈。完了。说的话可永远一样，怎么能教书？"

"太会说话就更不能教书了。譬如你，讲演第一，唱歌第二，习字就第五，团体服务还不及格。——君子动手不动口，你得学凡事动动手！"

"完全不对。我们打架时，老师说'君子动口不动手'。"

"老师说的自然是另外一回事。要你们莫打架，反内战，所以那么说。愚人照例常常要动手的！我呢，更不赞成打！打来打去，又得讲和，多麻烦。"

"那怎么又说动手不动口？"

"因为相骂也不好，比打还不容易调停，还不容易明白是非。目前聪明人的相骂，和愚蠢人的相打，都不是好事。"

和要人训话一样，说去说来大家都闹不清楚说什么。主妇把煮好的大酸梨端出，孩子们一齐嚷叫"君子们，快动手动口！"到这时，我的抽象理论自然一下全给两个顽童所表现的事实推翻了。

用过八年的竹架菜油灯放光时，黄黄的灯光把小房中一切，照得更如在一种梦境中。

"小妈妈，你们早些休息。大的工作累了，小的玩累了，到九点就休息，明天可能有客来。我还有事情要做，多坐一会儿。瓶子里的油一定够到……"

到十二点时，我当真还坐守在那个小书桌边。做些什么？温习温习属于一个小范围内世界相当抽象的历史，即一群生命各以不同方式，在各种偶然情形下侵入我生活中时，取予之际所形成的哀乐和得失。我本意照十年前的情形再写个故事，作为给主妇明天情绪上的装饰。记起十年前那番对话，起始第一行不知应该如何下笔，方能把一个素朴的心在纸上重现。对着桌前那一簇如梦的野花，我继续呆坐下去。一切沉寂，只有我心在跳跃，如一道桥梁，任一切"过去"通过时而摇摇不定。

进入九月九号上午三点左右，小书房通卧室那扇门，轻轻地推开后，主妇从门旁露出一张小黑脸，长眉下一双眼睛黑亮亮的，"嘻，你又在写文章给我作礼物，我知道的！不用太累，还是休息了吧。我们的生活，不必用那种故事，也过得上好！"

我于是说了个小谎，意思双关，"生活的确不必要那些故事，也可过得上好的，我完全和你同意。我在温书，在看书，内容深刻动人，如同我自己写的，人物故事且比我写出来还动人。"

"看人家的和你自己写的，不问好坏，一例神往。这就是作家的一种性格。还有就是，看熟人永远陌生，陌生的反如相熟，这也是做作家一个条件。"

"小妈妈，从今天起，全世界战争都结束了，我们可不能例外！听我话好好地睡了吧。我这时留在桌边，和你明天留在厨房一样，互相无从帮助，也就不许干涉。这是一种分工，包含了真实的责任，虽劳不怨。从普通观点说，我做的事为追求抽象，你做的事为转入平庸，措辞中的褒贬自不相同。可是你却明白我们这里有个共同点，由于共同对生命的理解和家庭的爱，追求的是二而一，为了一个家，各尽其分。别人不明白，不妨事，我们自己可得承认！"

"你身体不是刚好吗？怎么能熬夜？"

"一个人身体好就应当做做事，我已经许久不动笔了！我是在写个小故事。"

主妇笑了，"我在迷迷糊糊中闻到烧什么，就醒了。我预备告你的是，可别因为我，像上回在城中那么，把什么杰作一股鲁又烧去，不留下一个字。知道的人明白这是你自己心中不安，不知道的还以为我妒忌到你的想象，因此文章写成还得烧去，多可惜！"

"不，并不烧什么。只是油中有一点水，在爆炸。"口上虽那么说，我心中却对自己说，"是一个人心在燃烧，在小小爆裂，在冒烟。虽认真而不必要。"可是我怯怯地望了她一眼，看看她是不是发现点什么。从主妇的微笑中，好像看出一种回答，"凡事哪瞒得了我。"

我于是避开这个问题，反若理直气壮的向她说，"小妈妈，你再不能闹我了！把我脑子一搅乱，故事到天亮也不能完成！你累了一整天，累了整十三年，怎么还不好好休息？"

"为了明天，大家得休息休息，才合理！"

我明白话中的双重意义。可是各人的明天却相似而不同。主妇得好好休息，恢复精力来接待几个下乡的朋友，并接受那种虽极烦琐事实上极愉快的家事，至于我呢，却得同灯油一样，燃干了方完事，方有个明天可言！我为自己想到的笑了，她为自己说到的也笑了。两种笑在黯黄黄灯光下融解了。两人对于具体的明天和抽象的明天都感到真诚的快乐。

主妇让步安静睡下后，我在灯盏中重新加了点油，在胃中送下一小杯热咖啡。

搅动那个小小银茶匙时，另外一时一种对话回复到了心上。

"二哥，不成的，十二点了，为了我们，你得躺躺！这算什么？"

"这算是对你说我有点懒惰不大努力的否认。你往常不是说过，只要肯好好尽力工作，什么都听我，即使无意中被一些年轻女孩子的天赋长处，放光的眼睛，好听的声音，以及那个有式样的手足眉发攫走了我的心，也不妨事？这不问出于伟大的宽容或是透明理解，我都相信你说的本意极真诚。可是得用事实证明！"

"得用多少事？你自己想想看。"

"现在可只需用一件比较不严重的小事来试验，你即刻睡去，让我工作！我在工作！"

"你可想得到，这对于身边的人，是不是近于一种残忍？"

"你可想得到把一个待完成的作品扼毙，更残忍到什么程度？"

……

从这个对话温习中，我明白在生活和工作两事上，还有点儿相互矛盾，不易平衡。这也是一种生命的空隙，需要设法填平它。疏忽了时，凡空隙就能生长野草和霉苔。我得有计划在这个空隙处种一点花，种一个梦。比如近身那个虽脆弱却完整的捕虫科植物，在抽象中可有那么一种精美的东西，能栽培发育长大？可有一种奇迹，我能不必熬夜，从从容容完成五本十本书，而这些书既能平衡我对于生命所抱的幻念，不至相反带我到疯狂中？对于主妇，又能从书中得到一种满足，以为系由她的鼓励督促下产生？

这个无边际的思索，把我淹没复浮起。时间消失了。灯熄了。天明了。

我若重新有所寻觅，轻轻地开了门，和一只鹰一样，离开了宿食所寄的窠巢，向清新空阔的天宇下展翅飞去。在满是露水的田埂荒坟间，走了许久。只觉得空气冰凉，一直浸透到头脑顶深皱褶里。一会会，全身即已浴于温暖朝阳光影中，地面一切也浴于这种光影中，草尖上全都串缀着带虹彩的露水。还有那个小小成台状的紫花，和有茸毛的高原蓝花，都若新从睡梦中苏醒，慢慢地展开夜里关闭的叶托，吐出小小花蕊和带粉的黄绒穗。目前世界对于我作成一种崭新的启示，万物多美好，多完整！人类抽象观念和具体知识，数千年积累所成就的任何伟大业绩，若从更深处看去，比起来都算得什么？田野间依然是露水，以及那个在露水朝阳中充分见出自然巧慧与庄严的野花。一种纯粹的神性，一切哲学的基本观念，一切艺术文学的伟大和神奇，亦无不由之孕育而出。

我想看看滇池，直向水边走去。但见浸在一片碧波中的西山列嶂，在烟岚湿雾中如一线黛绿长眉。那片水在阳光中闪亮，更加美目流波。自然的神性在我心中越加强，我的生命价值观即越转近一个疯子。不知不觉间两脚已踏到有螺蚌残骸的水畔。我知道，我的双脚和我的思索，在这个侵晨清新空气中散步，都未免走得太远了一点、再向前走，也许就会直入滇池水深处。我得回家了。

记起了答应过孩子送给主妇的礼物，就路旁摘了一大把带露水的蓝花，向家中跑去。

在门前即和主妇迎面相遇，正像是刚刚发现我的失踪，带着焦急不安心情去寻找我。

"你到什么地方去了？怎么不先说一声，留个字？孩子们都找你去了！"一眼瞥见那把蓝花，蓝花上闪亮的露水，"就为了这个好看，忘了另外一个着急。"

"不。我能忘掉你吗？只因为想照十年前一样，写篇小文章，纪念这个九月九日。呆坐了一夜，无下笔处。我觉悟了这十年不进步的事实。我已明白什么是素朴。可是，赞美它，我这复杂脑子就不知从何措手了，我的文章还是一个题目，《主妇》。至于本文呢（我把花递给她），你瞧它蓝得多好看！"

"一个象征主义者，一点不错！"

说到后来两人都笑了起来。

两种笑在清晨阳光下融解了。

主妇把那束蓝花插到一个白瓷敞口瓶中时，一面处理手中的花，一面说，"你猜我想什么？"

"你在想，'这礼物比任何金珠宝贝都好！和那个"主妇"差不多！这是一种有个性有特性的生物，平凡中有高贵品德。'你还想说，'大老爷，故事完成了，你为我好好睡两点钟吧，到十点火车叫时再起身，我们好一同去车站接客人。我希望客人中还有个会唱歌的美丽女孩子，大家好好玩一天！睡一睡吧，你太累了！'……我将说'不，我不过只是这一天有点累，你累了十三年！你就从不说要休息。我想起就惭愧难过！'"

"这也值得想值得惭愧吗？我还是第一次听到你说惭愧！"

从主妇不甚自然微笑中，依约看到一点眼泪，眼泪中看到天国。

桌案上那束小蓝花如火焰燃烧，小白花如梦迷蒙。我似乎当真有点儿累了。似乎遥闻一种呼唤招邀声，担心我迷失于两种花所引起的情感中，不知所归，又若招邀本自花中而出，燃烧与做梦，正是故事的起始，并非结束。

一九四五年九月九日作于昆明桃源，

一九四六年九月北平写成。

简析

小说为我们刻画了一个温柔、美丽、善良的贤妻良母。作者虽然一再说八年的乡居生活是单调的，其实这是一种反语，在单调中，享受的是乡村生活的舒适、惬意。在远离了战争、远离了喧嚣都市的小村，如今的一切都是美好的：明朗的天，翠绿的草，颜色各异的花，温柔贤惠的主妇，无不向人表示着生命的愉悦。一家四口在主妇的精心照顾下，甜蜜地生活，愉快地度过每一天。这温馨的生活，暗示了作者对没有战争、自然和谐生活的向往。

巧秀和冬生

雪在融化。田沟里到处有注入小溪河中的融雪水，正如对于远海的向往，共同作成一种欢乐的奔赴。来自留有残雪溪涧边竹篁丛中的山鸟声，比地面花草占先透露出一点春天消息，对我更俨然是种会心的招邀。就中尤以那个窗后竹园的寄居者，全身油灰、颈脖间围了一条锦带的斑鸠，做成的调子越来越复杂，也越来越离奇，好像在我耳边作成一种对话，代替我和巧秀的对话：

"巧秀，巧秀，你可当真要走？你千万莫走！"

"哥哥，哥哥，喔。你可是叫我？你从不理我，怎么好责备我？"

原本还不过是在晓梦迷蒙里，听到这个古怪荒谬的对答，醒来不免十分惆怅。目前却似乎清清楚楚的，且稍微有点嘲谑意味，近在我耳边诉说。我再也不能在这个大庄院住下了。因此用"欢喜单独"作理由，迁移了个新地方，村外药王宫偏院中小楼上。这也可说正是我自己最如意的选择。因为庙宇和村子有个大田坝隔离，地位完全孤立。生活得到单独也就好像得到一切，为我十八岁年纪时来这里做客所需要的一切。

我一生中到过许多稀奇古怪的去处，过了许多式样不同的桥，坐过许多式样不同的船，还睡过许多式样不同的床。可再没有比半月前在满家大庄院中那一晚，躺在那铺楠木雕花大床上，让远近山鸟声和房中壶水沸腾，把生命浮起的情形心境离奇。以及迁到这个小楼上来，躺在一铺硬板床上，让远近更多山鸟声填满心中空虚所形成一种情绪更幽渺难解！

院子本来不小，大半都已被细叶竹科植物所遮蔽，只余一条青石板砌成的走道可以给我独自散步。在丛竹中我发现有宜于作手杖的罗汉竹和棕竹，有宜于作箫管的紫竹和白竹，还有宜于作钓鱼竿的蛇尾竹。这一切性质不同的竹子，却于微风疏刷中带来一片碎玉倾洒，带来了和雪不相同的冷。更见得幽绝处，还是那个小楼屋脊。因为地方特别高，宜于遥瞻远瞩，几乎随时都有不知名鸟雀在上面歌呼，有些见得分外从容，完全无为的享受它自己的音乐，唱出生命的欢欣。有些又显然十分焦躁，如急于招朋唤侣，而表示对于爱情生活的渴望。那个油灰色斑鸠更是我屋顶的熟客，本若为逃避而来，来到此地却和它有了更多亲近机会。从那个低沉微带忧郁反复嘀咕中，始终像在提醒我一件应搁下终无从搁下的事情——巧秀的出走。即初来这个为大雪所覆盖的村子里，参加朋友家喜筵过后，房主人点上火炬预备送我到偏院去休息时，随同老太太身后，负衾抱褥来到我房中，咬着下唇一声不响为我铺床理被那个十七岁乡下姑娘巧秀。我正想用她那双眉毛和新娘子眉毛作个比较，证实一下传说可不可靠。并在她那条大辫子和发育得壮实完整的四肢上，做了点十八岁年轻人的荒唐梦。不意到第二天吃早饭桌边，却听人说她已带了个小小包袱，跟随个吹唢呐的乡下男人逃走了。在那个小小包袱中，竟像是把我所有的一点什么东西，一颗心或一种梦，也于无意中带走了。

巧秀逃走已经半个月，还不曾有回头消息。试用想象追寻一下这个发辫黑、眼睛光、胸脯饱满乡下姑娘的去处，两人过日子的种种，以及明日必然的结局，自不免更加使人茫然若失。因为不仅偶然被带走的东西已找不回来，即这个女人本身，那双清明无邪眼睛所蕴蓄的热情，沉默里所具有的活跃生命力，一切都远了，被一种新的接续而来的生活所腐蚀，遗忘在时间后，从此消失了，不见了。常德府的大西关，辰州府的尤家巷，以及沅水流域大小水码头边许多小船上，经常有成千上万接纳客商的小婊子，脸宽宽的眉毛细弯弯的，坐在舱前和船尾晒太阳，一面唱《十想郎》小曲遣送白日，一面纳鞋底绣花荷包，企图

用这些小物事连结水上来去弄船人的恩情。平凡相貌中无不有一颗青春的心永远在燃烧中。一面是如此燃烧，一面又终不免为生活缚住，挣扎不脱，终于转成一个悲剧的结束，恩怨交缚气量窄，投河吊颈之事日有所闻。追源这些女人的出处背景时，有大半和巧秀就差不多。缘于成年前后那份痴处，那份无顾忌的热情，冲破了乡村习惯，不顾一切的跑去。从水取譬，"不到黄河心不死"。但这些从山里流出的一脉清泉，大都却不曾流到洞庭湖，便滞住在什么小城小市边，水码头边，过日子下来。向前不可能，退后办不到，于是如彼如此的完了。

我住处的药王宫，原是一村中最高会议所在地，村保国民小学的校址，和保卫一地治安的团防局办公处。正值年假，学校师生都已回了家。会议平时只有两种：积极的是春秋二季邀木傀儡戏班子酬神还愿，推首事人出份子。消极的便只是县城里有公事来时，集合士绅人民商量对策。地方治安既不大成问题，团防局事务也不多，除了我那朋友满大队长自兼保长，局里固定职员，只有个戴大眼镜读《随园食谱》用小绿颖水笔办公事的师爷，另一个年纪十四岁头脑单纯的局丁。地方所属自卫武力，虽有三十多支杂色枪，平时却分散在村子里大户人家中，以防万一，平时并不需要。换言之，即这个地方经常是冷清清的。因为地方治安无虞，农村原有那分静，表面看也还保持得上好。

搬过药王宫半个月来，除了和大队长赶过几回场，买了些虎豹皮，选了些斗鸡种，上后山猎了几回毛兔，一群人一群狗同在春雪始融湿滑滑的涧谷石崖间转来转去，搅成一团，累得个一身大汗，其余时间居多倒是看看局里老师爷和小局丁对棋。两人年纪一个已过四十六七，一个还不及十五，两面行棋都不怎么高明，却同样十分认真。局里还有半部石印《聊斋志异》。这地方环境和空气，才真宜于读《聊斋志异》！不过更新的发现，却是从局里住屋一角新孵的一窝小鸡上，及床头一束束不知名草药的效用上，和师爷于短时期即成了个忘年交，又从另外一种方式上，和小局丁也成了真正知己。先是翻了几天《聊斋志异》，以为"青凤""黄英"会有一天忽然掀帘而入，来此以前且可听到楼梯间细碎脚步声。事实上雀鼠做成的细碎声音虽多，青凤黄英始终不露面。这种悬想的等待，既混合了恐怖与欢悦，对于十八岁的生命言自然也极受用。可是一和两人相熟，我就觉得抛下那几本残破小书实在大有道理，因为只要我高兴，随意浏览另外一本大书某一章节，都无不生命活跃引人入胜！

巧秀的妈原是溪口人，二十三岁时即守寡，守住那不及两岁大的巧秀和七亩山田。年纪轻，不安分甘心如此下去，就和一个黄罗寨打虎匠偷偷相好。族里人知道了这件事，想图谋那片薄田，捉奸捉双，两人终于生生捉住。一窝蜂把两人拥到祠堂里去公开审判。本意也只是大雷小雨的将两人吓一阵，痛打一阵，大家即从他人受难受折磨情形中，得到一种离奇的满足，再把她远远的嫁去，讨回一笔财礼，作为脸面钱，用少数买点纸钱为死者焚化，其余的即按好事出力的程度均分花用。这原是本地旧规矩，凡事照规矩做去，他人无从反对。不意当时做族长的，巧秀妈未嫁时，曾拟为跛儿子讲做儿媳妇，巧秀妈却嫌他一只脚，不答应，族长心中即憋住一腔恨恼。后来又借故一再调戏，反被那有性子的小寡妇大骂一顿，以为老没规矩老无耻。把柄拿在寡妇手上，还随时可以宣布。如今既然出了这种笑话，因此回复旧事，仇人见面分外眼红，极力主张把黄罗寨那风流打虎匠两只脚捶断，且当小寡妇面前捶断。私刑执行时，打虎匠咬定牙齿一声不哼，只把一双眼睛盯看着小寡妇。处罚完事，即预备派两个长年把他抬回二十里外黄罗寨去。事情既有凭有据，黄罗寨人自无话说。可是小寡妇呢，却当看族里人表示她也要跟去。田产女儿通不要，也得跟去。这一来族中人真是面子失尽。尤其是那个一族之长，心怀狠毒，情绪复杂，怕将来还有事情，倒不如一不做二不休连根割断，竟提议把这个不知羞耻的贱妇照老规矩沉潭，免得黄罗寨人说话。族祖既是个读书人，有个小小功名，读过几本"子曰"，加之辈分大，势力强，且平时性情又特别顽固专横，即由此种种，同族子弟不信服也得畏惧三分。如今既用维持本族名誉面子为理由，提出这种兴奋人的意见，并附带说事情解决再商量过继香火问题。人多易起哄，大家不甚思索自然即随声附和。合族一经同意，那些年轻无知好事者，即刻就把绳索和磨石找来，督促进

行。在纷乱下族中人道德感和虐待狂已混淆不可分，其他女的都站得远远的，又怕又难受，无可奈何，只轻轻地喊着"天"，却无从作其他抗议。一些年轻族中人，即在祠堂外把那小寡妇上下衣服剥个精光，两手缚定，背上负了面小石磨，并用藤葛紧紧把石磨扣在颈脖上。大家围住小寡妇，一面无耻放肆的欣赏那个光鲜鲜的年轻肉体，一面还狠狠的骂女人无耻。小寡妇却一声不响，任其所为，眼睛湿莹莹的从人丛中搜索那个冤家族祖。深怕揭底的族祖，却在剥衣时装作十分生气，上下狠狠的看了小寡妇几眼，口中不住骂"下贱下贱"，装作有事不屑再看，躲进祠堂里去了。到祠堂里就和其他几个年长族人商量打公禀禀告县里，准备大家画押，把责任推卸到群众方面去，免得将来出其他事故。也一面安慰安慰那些无可无不可年老怕事的族中长辈，引些圣经贤传除恶务尽的话语，免得中途变化。到了快要下半天时候，族中一群好事者，和那个族祖，把小寡妇拥到溪口，上了一只小船，架起了桨，沉默向溪口上游长潭划去。女的还是低头无语，只看着河中荡荡流水，以及被双桨搅碎水中的云影星光。也许正想起二辈子投生问题，或过去一时被族祖调戏不允许的故事，或是一些生前"欠人""人欠"的小小恩怨。也许只想起打虎匠的过去当前，以及将来如何生活。不及两岁大的巧秀，明天会不会为人扼喉咙谋死？临出发到河边时，一个老表嫂抱了茫然无知的孩子，想近身来让小寡妇喂一口奶，老族祖一见，吼了一声，大骂"老狐狸，你见了鬼，还不赶快给我滚开！"一脚踢开。但很奇怪，从这妇人脸色上，竟看不出恨和惧，看不出特别紧张，一切都若平静异常。至于一族之长的那一位呢，正坐在船尾梢上，似乎正眼也不想看那小寡妇。其实心中却漩起一种极复杂纷乱情感，为去掉良心上那些刺，只反复喃喃以为这事是应当的，全族脸面攸关，不能不如此，自己既为一族之长，又读过圣贤书，实有维持道德风化的责任。当然也并不讨厌那个青春康健光鲜鲜的肉体；讨厌的倒是，"肥水不落外人田"，这肉体被外人享受。妒忌在心中燃烧，道德感益发强，迫虐狂益发旺盛，只催促开船。至于其他族中人呢，想起的或者只是那几亩田将来究竟归谁管业，都不大自然。因为原来那点性冲动已成过去，都有点见输于小寡妇的沉静情势。小船摇到潭中最深处时，荡桨的把桨抽出水，搁在舷边。船停后轻轻向左旋着，又向右旋。大家都知道行将发生什么事。一个年纪稍大的某人说，"巧秀的娘，巧秀的娘，冤有头，债有主，你心里明白。好好的去了吧。你有什么话嘱咐，就说了吧。"小寡妇望望那个说话安慰她的人，过一会儿方低声说。"三表哥，做点好事，不要让他们捏死我巧秀喔。那是人家的香火！长大了，不要记仇，就够了！"大家静默了。美丽黄昏空气中，一切沉静。先是谁也不肯下手，老族祖貌作雄强，心中实混合了恐怖与矜持，走过女人身边，冷不防一下子把那小寡妇就掀下了水。轻重一失衡，自己忙向另外一边倾坐，把小船弄得摇摇晃晃。人一下水，先是不免有一番小小挣扎，因为颈背上悬系那面石磨相当重，随即打着旋向下直沉，一阵子水泡向上翻，接着是水天平静。船随水势溜着，渐渐离开了原来位置。船上的年轻人眼都还直直的一声不响望着水面。因为死亡带走了她个人的耻辱和恩怨，却似乎留念给了每人一份看不见的礼物。虽说是要女儿长大后莫记仇，可是参加的人哪能忘记自己做的蠢事。几个人于是俨然完成了一件庄严重大的工作，把船掉了头。死的已因罪孽而死了，然而"死"的意义却转入生者担负上，还得赶快回到祠堂里去叩头，放鞭炮挂红，驱逐邪气，且表示这种"勇敢"和"决断"兼有真正愚蠢的行为，业已把族中受损失的"荣誉"收复。事实上，却是用这一切来被除那点在平静中能生长，能传染，影响到人灵魂或良心的无形谴责。即因这种恐怖，过四年后，那族祖便在祠堂里发狂自杀了。只因为最后那句嘱咐，巧秀被送到三十里外的高枧满家庄院，活下来了。

巧秀长大了，亲眼看过这一幕把她带大的表叔，团防局的师爷，原本有意让她给满家大队长做小婆娘，有个归依，有个保护。只是老太太年老见事多，加之有个痛苦记忆在心上，以为凡事得从长作计。巧秀对过去事又实在毫无所知，只是不乐意。年龄也还早，因此暂时搁置。

巧秀常到团防局来帮师爷缝补衣袜，和冬生也相熟。冬生的妈杨大娘，一个穷得厚道贤慧的老妇人，在师爷面总称许巧

秀。冬生照例常常插嘴提醒他的妈，"我还不到十五岁，娘。""你今年十五明年就十六，会长大的！"两母子于是在师爷面前作些小小争吵，说的话外人照例都不甚容易懂。师爷心中却明白，母子两人意见虽对立，却都欢喜巧秀，对巧秀十分关心。

巧秀的逃亡正如同我的来到这个村子里，影响这个地方并不多，凡是历史上固定存在的，无不依旧存在，习惯上进行的大小事情，无不依旧照常进行。

冬生的母亲一村子里通称为杨大娘，丈夫十年前死去时，只留下一所小小房屋和巴掌大一片菜地。生活虽穷然而为人笃实厚道，不乱取予，如一般所谓"老班人"。也信神，也信人，觉得这世界上有许多事得交把神，又简捷，又省事。不过有些问题神处理不了，可就得人来努力了。人肯好好地做下去，天大难事也想得出结果；办不了呢，再归还给神。如其他手足贴近土地的农村人民一样，处处尽人事而信天命，生命处处显出愚而无知，同时也处处见出接近了一个"夙命论"者，照读书人说来就是个"道"字。冬生在这么一个母亲身边，在看牛，割草，捡菌子，和其他农村子弟生活方式中慢慢长大了，却长得壮实健康，机灵聪敏。只读过一年小学校，便会写一笔小楷字，且跟团防局师爷学习，懂得一点公文程式。作公丁收入本不多，惟穿吃住已不必操心。此外每月还有一箩净谷子，一点点钱。这份口粮捎回作家用，杨大娘生活因之也就从容得多。且本村二百五十户人家，团丁是义务性质不拿工薪的。有公职身份公份收入阶层总共不过四五人，除保长队长和那个师爷外，就只那两个小学教员，开支都不大。所以冬生的地位，也就值得同村小伙子羡慕而乐意得到它。职务在收入外还有个抽象价值，即抽丁免役，且少受来自城中军政各方的经常和额外摊派。凡是生长于同式乡村中的人，都知道上头的摊派法令，一年四季如何轮流来去，任何人都招架不住，任何人都不可免，唯有吃公事饭的人，却不大相同。正如村中"一脚踢"凡事承当的大队长，派人筛锣传口信集合父老于药王宫开会时，虽明说公事公办，从大户带头摊起，自己的磨坊、油坊，以及在场上的槽坊，小杂货铺统算在内，一笔数目照例比别人出的多。且愁眉不展的抱怨周转不灵，有时还得出子利举债。可是村子里人却只见到队长上城回来时，总带了些使人开眼的文明玩意儿，或换了顶呢毡帽，或捎了个洋水笔，遇有作公证画押事情，多数公民照例按指纹或画个十字，少数盖章，大队长却从中山装胸间口袋上拔出那亮晃晃圆溜溜宝贝，写上自己的名字，已够使人惊奇。一问价钱数目才吓人，原来比一只耕牛还贵！像那么做穷人，谁不乐意！冬生随同大队长的大白骡子来去县城里，一年不免有五七次，知识见闻自比其他乡下人丰富。加上母子平时的为人，因此也赢得一种不同地位。而这地位为人承认表示得十分明显，即几个小地主家有十二三岁小闺女的，都乐意招那么一个得力小伙子做上门女婿，以为兴家立业是个好帮手。

村子去县城已四十五里，离官路也在三里外。地方不当冲要，不曾驻过兵。因为有两口好井泉，长年不绝的流，营卫了一坝上好冬水田。田坝四周又全是一列小山围住，山坡上种满桐茶竹漆。村中规约好，不乱砍伐破山，不偷水争水。地方由于长期安定，形成的一种空气，也自然和普通破落农村不同，凡事照例都有个规矩。虽由于这个长远习惯的规矩，在经济上有人占了些优势，于本村成为长期统治者，首事人。也即因此另外有些人就不免世代守住佃户资格，或半流动性的长工资格，生活在被支配状况中，矛盾显明。但两者生活方式，虽有差距还是相隔不太多，同样得手足贴近土地，参加劳动生产，没有人完全袖手过日子。惟由此相互对照生活下，随同大社会的变动，依然产生了一种游离分子。这种人的长成，都若有个公式：凡事由小而大，小时候作顽童野孩子，事事想突破一乡公约，砍砍人家竹子作钓竿，摘摘人家园圃桔柚解渴，偷放人田中水捉鱼，或从他人装置的网中取去捉住的野兽。自幼即有个不劳而获的发明，且凡事做来相当顺手，长大后，自然便忘不了随事占点便宜。浪漫情绪一扩张，即必然从农民身份一变而成为"游玩"。社会还稳定，英雄无用武之地，不能成大气候，就在本村子里街头开个小门面，经常摆桌小牌抽点头，放点子母利。相熟方面多，一村子人事心中一本册，知道谁有势力谁无财富，就向那些有钱无后的寡妇施点小讹诈。平时既无固定生计，又不下田，

四乡逢场时就飘场放赌。附近四十里每个村子里都有三五把兄弟，平时可以吃吃喝喝，困难时也容易相帮相助。或在猪牛买卖上插了句嘴，成交时便可从经纪方面分点酒钱，落笔小油水。什么村子里有大戏，必参加热闹。和掌班若有交情，开锣封箱必被邀请坐席吃八大碗，打加官叫出名姓，还得做面子打个红纸包封。新来年轻旦角想成名，还得和他们周旋周旋，靠靠灯，方不会凭空为人抛石头打彩。出了事，或得罪了当地要人，或受了别的气扫了面子，不得不出外避风浪换码头，就挟了个小小包袱，向外一跑。更多的是学薛仁贵投军，自然从此就失踪了，居多迟早成了炮灰。若是个女的呢，情形就稍稍不同。生命发展与突变，影响于黄毛丫头时代的较少，大多数却和成年前后的性青春期有关。或为传统压住，挣扎无从，终于发疯自杀。或突过一切有形无形限制，独行其是，即必然是随人逃走。唯结果总不免依然在一悲剧性方式中收场。

但近二十年社会既长在变动中，二十年内战自残自黩的割据局面，分解了农村社会本来的一切。影响到这小地方，也自然明白易见。乡村游侠情绪和某种社会现实知识一接触，使得这个不足三百户人家村子里，多了有三五十支杂色枪，和十来个退伍在役的连长、排长、班长，以及二三更高级更复杂些的人物。这些人多近于崭新的一个阶层，即求生存已脱离手足勤劳方式，而近于一个寄食者。有家有产的可能成为小土豪，无根无柢的又可能转为游民、土匪，而两者又必有个共同的趋势，即越来越与人民土地生产劳作隔绝，却学会了新的世故和残暴。尤其是一些人学得了玩武器的技艺，干大事业既无雄心和机会，也缺少本钱。回转家乡当然就只能作点不费本钱的买卖。且于一种新的生活方式中，产生一套现实哲学。这体系虽不曾有人加以分析叙述，事实上却为极多数会玩那个照环境所许可的人物所采用。永远有个"不得已"作借口，于是绑票种烟都成为不得已，会合了各种不得已而做成的堕落，便形成了后来不祥局面的扩大继续。但是在当时那类乡村中，却激发了另外一方面的自卫本能，即大户人家的对于保全财富进一步的技能。一面送子侄入军校，一面即集款购枪，保家保乡土，事实上也即是保护个人的特别权益。两者之间当然也就有了斗争，随时随地有流血事件发生，而结怨影响到累世。特别是小农村彼此利害不同的矛盾。这二十年一种农村分解形式，亦正如大社会在分解中情形一样，许多问题本若完全对立，却到处又若有个矛盾的调和，在某种情形中，还可望取得一时的平衡。一守固定的土地，和大庄院、油坊或榨坊槽坊，一上山落草，却共同用个"家边人"名词，减少了对立与摩擦，各行其是，而各得所需。这事看来离奇又十分平常，为的是整个社会的矛盾的发展与存在，即与这部分的情形完全一致。国家重造的设计，照例多疏忽了对于这个现实爬梳分析的过程，结果是一例转入悲剧，促成战争。这小村子所在地，既为比较偏远边僻贵州湖南的边土，地方对"特货"一面虽严厉禁止，一面也抽收税捐。在这么一个情形下，地方特权者的对立，乃常常因"利益平分"而消失。地方不当官路，却宜于走私，烟土和盐巴的对流，支持了这个平衡的对立。对立既然是一种事实，各方面武器转而好像都收藏下来不见了。至少出门上路跑差事的人，为求安全，徒手反而比带武器来得更安全。过关入寨，一个有衔名片反而比带一支枪更安全省事。

冬生在局里做事，间或得出出差，不外引导保护小烟贩一二挑烟土下行，或盐巴旁行。路不须出界外，所以对于这个工作也就十分简单。时当下午三点左右，照习惯送了两个带特货客人从界内小路过境。出发前，还正和我谈起巧秀问题。一面用棕衣包脚，一面托我整理草鞋后跟和耳绊。

我逗弄他说，"冬生，巧秀跑了，那清早大队长怎不派你去追她回来？"

"人又不是溪水，用闸门哪关得住。人可是人！我即或是她的舅子，本领不大，也不会起作用！追上了也白追。"

"人正是人，哪能忘了大队长老太太十多年对她的恩情？还有师爷，磨坊，和那个溪水上游的钓鱼堤坝，都像熟亲友，怎么舍得？依我看，你就舍不得！"

"磨坊又不是她的财产。你从城里来，你欢喜，我们可不。巧秀心窍子通了，就跟人跑了。有仇报仇，有恩报恩，这笔账

要明天再算去了。"

"她自己会不会回来？"

"回来吗？好马不吃回头草，哪有长江水倒流？"

"我猜想她总在几个水码头边落脚，不会飞到海外天边去。要找她一定找得回来。"

"打破了的坛子，谁也不要！"

"不要了吗？你舍得我倒舍不得，这个人依我看，为人倒很好！不像个横蛮丫头！"

我的结论既似真非真，倒引起了冬生的注意。他于是也似真非真的向我说，"你欢喜她，我见她一定告她。她做得一手好针线活，会给你做个绣花抱肚，里面还装满亲口嗑的南瓜子仁，可惜你又早不说，师爷也能帮你忙！"

"早不说吗？我一来就只见过她一面。来到这村子里只一个晚上，第二早天刚亮，她就跟人跑了！我哪里把灯笼火把去找她。"

"那你又怎么不追下去？萧何追韩信，下河码头熟，你追去好了！"

"我原本只是到这里来和你大队长打猎，追麂子狐狸兔子，想不到还有这么一种山里长大的标致东西！"

这一切自然都是笑话，已快五十岁的师爷，听到我说的笑话，比不到十五岁冬生听来的意义，一定深刻得多。原本不开口，因此也搭话说，"凡事要慢慢地学，才会懂。我们这地方，草草木木都要慢慢地才认识，性质通通不同的！断肠草有毒，牛也不吃它。火麻草螫手，你一不小心就遭殃。"

冬生走后约一点钟，杨大娘却两脚黄泥到了团防局。师爷和我正在一窠新孵出的小鸡边，点数那二十个小小活动黑白毛毛团。一见杨大娘那两脚黄泥，和提篮中的东西，就知道是从场上回来的。"大娘，可是到新场办年货？你冬生出差去了，今天歇红岩口，明天才能回来。可有什么事情？"

杨大娘摸一摸提篮中那封点心，"没有什么事。"

"你那笋壳鸡上了孵没有？"

"我那笋壳鸡上城做客去了。"杨大娘点一点搁在膝头上的提篮中物，计大雪枣一斤，刀头肉一斤，元青鞋面布一双，香烛纸张全份，还加上一封百子头炮仗，一一点数给师爷看。

问一问，才知道原来当天是冬生满十五岁的生日。杨大娘早就弯指头把日子记在心上，恰值鸦拉营逢场，犹自嘀咕了好几个日子，方下狠心，把那预备上孵的二十四个大白鸡蛋从箩筐中一一取出，谨慎小心放入垫有糠壳的提篮里，捉好那只笋壳色母鸡，套上草鞋，赶到场上去，和城里人打交道。虽下决心那么做，走到相去五里的场上，倒像原不过只是去玩玩，看看热闹，并不需要发生别的事情。因为鸡在任何农村都近于那人家属之一员，顽皮处和驯善处，对于生活孤立的老妇人，更不免寄托了一点热爱，作为使生活稍有变化的可怜简单的梦。所以到得人马杂沓黄泥四溅的场坪中转来转去等待主顾时，杨大娘自己即老以为这不会是件真事情。有人问价时，就故意讨个高过市价一倍的数目，且作成"你有钱我有货，你不买我不卖"对立神气，并不希望脱手。因为要价过高，城里来的老鸡贩，稍微揣揣那母鸡背脊，不还价，就走开了。这一来，杨大娘必作成对于购买者有眼不甚识货轻蔑神气，扁扁嘴，掉过头去不作理会。凡是鸡贩子都懂得乡下妇人心理，从卖鸡人的穿着上即可明白，以为明白时间早，不忙收货，见要价特别高的，想故意气一气她，就还个起码数目。且激激她说，"什么八宝精，值那样多！"杨大娘于是也提着气，学作厉害十分样子，"你还的价钱只能买豆腐吃。买你的豆腐去吧，"且像那个还价数目不仅侮辱了本人，还侮辱了身边那只体面肥母鸡，怪不过意，因此掉转身，抚抚鸡毛，拍拍鸡头，好像向鸡声明，"不必忙，再过一刻钟我们就回家去。我本来就只是玩玩的，哪舍得你！"那只母鸡也像完全明白自己身份，和杨大娘的情绪，闭了闭小红眼睛，只轻轻地在喉间"骨骨"哼两声，且若完全同意杨大娘的打算。两者之间又似乎都觉得"那不算什么，等等我们就回去，我真乐意回去，凡事一切照旧。"

到还价已够普通标准时，有认得她的熟人，乐于圆成其事，必在旁插嘴，"添一点，就卖了。这鸡是吃绿豆包谷长大的，油水多！"待主顾掉头时，又轻轻地知会杨大娘，"大娘要卖也放

得手了。这回城里贩子来得多，也出得起价。若到城里去，还卖不到这个数目！"因为那句"要卖得趁早放手"，和杨大娘心情基本冲突，所以回答那个好意却是：

"你卖我不卖，我又不等钱用。"

或者什么人说，"不等钱用你来做什么？没得事做来看水鸭子打架，胜败做个公证人，肩膊发松，怎不扛扇石磨来？"

杨大娘看看，搜寻不出谁那么油嘴滑舌，不便发作，只轻轻地骂着，"背时不走运的，你妈你婆才扛石磨上场玩，逗人开心长见识！"

事情相去十五六年，石磨的用处早成典故，本乡人知道的已不多了。

……哪有不等钱用这么十冬腊月抱鸡来场上喝风的人？事倒凑巧，因为办年货城里送礼需要多，临到末了，杨大娘竟意外胜利，只把母鸡出脱，卖的钱比自己所悬想的还多些。钱货两清后，杨大娘转入各杂货棚边去，从鸡、鸭、羊、兔、小猫、小狗，和各种叫嚷，赌咒，争持交易方式中，换回了提篮所有。末了且像自嘲自诅，还买了四块豆腐，心中混合了一点儿平时没有的怅惘、疲劳、喜悦，和朦胧期待，从场上赶回村子里去。在回家路上，看到有村子里人有用葛藤缚住小猪的颈脖赶着小畜生上路的，也看到有人用竹箩背负这些小猪上路的，使他想起冬生的问题。冬生二十岁结婚一定得用四只猪，这是五年后事情。眼前她要到团防局去找冬生，只是给他个大雪枣吃，量一量脚看鞋面布够不够，并告冬生一同回家去吃饭，吃饭前点香烛向祖宗磕磕头。冬生的爹死去整十年了。

杨大娘随时都只想向人说，"杨家的香火，十五岁。你们以为孵一窝鸡，好容易事，他爹去时留下一把镰刀，一副连枷，……你不明白我好命苦！"到此眼睛一定红红的，心酸酸的，可能有人会劝慰说，"好了，现在好了，杨大娘，八十一难磨过，你苦出头了，冬生有出息，队长答应送他上学堂。回来也会做队长！一子双祧讨两房媳妇，鸦拉营王保长闺女八铺八盖陪嫁，装烟倒茶都有人，享福在后头，你还愁个什么？……"

事实上杨大娘其时却笑笑地站在师爷的鸡窝边，看了一会儿小鸡。可能还关心到卖去的那只鸡和二十四个鸡蛋的命运，因此用微笑覆盖着，不让那个情绪给城里人发现，天气看看已晚下来了。正值融雪，今天赶场人太多，田坎小路已踏得个稀糊子烂，怪不好走。药王宫和村子相对，隔了个半里宽田坝，还有两道灌满融雪水活活流注的小溪，溪上是个独木桥。大娘心想："冬生今天已回不了局里，回不了家。"似乎对于提篮中那包大雪枣"是不是应当放在局里交给师爷"问题迟疑了一会儿，末后还是下了决心，提起篮子走了。我们站在庙门前石栏杆边，看这个肩背已佝偻的老妇人，一道一道田坎走去。还不忘记嘱告我，"路太滑，会滚到水里面去。那边长工会给你送饭来的！"

时间大约五点半，村子中各个人家炊烟已高举，先是一条一条孤独直上，各不相乱。随后却于一种极离奇情况下，被寒气一压，一齐崩坍下来，展宽成一片一片的乳白色湿雾。再过不多久，这个湿雾便把村子包围了，占领了。杨大娘如何作她那一顿晚饭，是不易形容的。灶房中冷清了好些，因为再不会有一只鸡跳上砧板争啄菠菜了。到时还会抓一把米头去喂鸡，始明白鸡已卖去。一定更不会料想到，就在这一天，这个时候，离开村子十五里的红岩口，冬生和那两个烟贩，已被人一起掳去。

我那天晚上，却正和团防局师爷在一盏菜油灯下大谈《聊斋志异》，以为那一切都是古代传奇，不会在人间发生，所以从不怕僵尸不怕精怪。师爷喝了一杯酒话多了点，明白我对青凤黄英的向往，也明白我另外一种弱点，便把巧秀母亲故事原原本本告给我。且为我出主张，不要再读书。并以为住在任何高楼上，固定不动窝，都不如坐在一只简单小小"水上漂"，更容易有机会和那些使二十岁小伙子心跳神往的奇迹碰头！他的本意只是要我各处走走，不必把生活长远固定到一个小地方，或一件小小问题得失上，见闻一开阔，人也就大派多了。不意竟招邀我回忆上了另外那一只他曾坐过久已不存在的小船。

我仿佛看到那只向长潭中桨去的小船，仿佛即稳坐在那只小船一头，仿佛有人下了水，随后船已掉了头。……水天平静，什么都完事了。一切东西都不怎么坚牢，只有一样东西能真实的永远存在，即从那个对生命充满了热爱，却被社会带走了爱

的二十三岁小寡妇一双明亮、温柔、饶恕了一切的眼睛中看出去，所看到的那一片温柔沉静的黄昏暮色，以及在暮色倏忽中，两个船桨搅碎水中的云影星光。巧秀已经逃走半个月，巧秀的妈颈悬石磨沉在溪口长潭中已十五年。

一切事情还并没有完结，只是一个起始。

一九四七年七月末北平

🎵 简 析

小说的题目是《巧秀和冬生》，实际上写的是巧秀妈和冬生娘的故事。巧秀妈的故事体现了湘西妇女的朦胧觉醒，对命运不公的反抗。巧秀妈虽然没有摆脱命运的枷锁，但巧秀做到了，她逃离了让人窒息的生活环境。不管将来如何，她勇敢地迈出去了。而冬生娘却信守中国妇女的旧传统——"出嫁从夫，夫死从子"。她的这种思想也影响了冬生，冬生相信"人生际遇皆由天定"。他不反对巧秀的出走，认为她"心窍子通了"，可自己却听天由命，固守旧轨。这种不想改变命运、安于现状的人，终究也难逃命运的捉弄，冬生在生日之日被掳。通过对比，作者意在赞扬巧秀敢于反抗，不向命运低头的精神。

七个野人与最后一个迎春节

　　迎春节，凡属于北溪村中的男子，全为家酿烧酒醉倒了。据说在某城，痛饮是已成为有干禁例的事了，因为那里有官，有了官，凡是近于荒唐的事是全不许可了。有官的地方，是渐渐会兴盛起来，道义与习俗传染了汉人的一切，种族中直率慷慨全会消灭，迎春节的痛饮禁止，倒是小事中的小事，算不得怎样可惜，一切都得不同了！将来的北溪，也许有设官的一天吧？到那时人人成天纳税，成天缴公债，成天办站，小孩子懂到见了兵就害怕，家犬懂到不敢向穿灰衣人乱吠，地方上每个人皆知道了一些禁律，为了逃避法律，人人全学会了欺诈，这一天终究会要来吧。什么时候北溪将变成那类情形，是不可知的，然而这一天年轻人大约可以见到的。地方上，勇敢如狮的人，徒手可以搏野猪，对于地方的进化，他们是无从用力制止的。年高有德的长辈，眼见到好风俗为大都会文明侵入毁灭，也是无可奈何的，凡是有地位一点的人，都知道新的习惯行将在人心中生长，代替那旧的一切，在这迎春节，用烧酒醉倒是普遍的事，他们要醉倒，对于事情不再过问，在醉中把恐吓失去，则这佳节所给他们的应有的欢喜，仍然可以在梦中得到了。

　　仍然是耕田，仍然是砍柴栽菜，地方新的进步只是要他们纳捐，要他们在一切极琐碎极难记忆的规则下走路吃饭。有了内战时，便把他们壮年能做工的男子拉去打仗，这是有政府时对于平民的好处。什么人要这好处没有？族长，乡约或经纪人，卖肉的屠户，卖酒的老板，有了政府他就得到幸福没有？做田的，

打鱼的，行巫术的，卖药卖布的，政府能使他们生活得更安稳一点没有？

他们愿意知道的，是牛羊在有了官的地方，会不会发生瘟疫？若牛羊仍然得发瘟，那就证明无须乎官了。不过这时他们还能吃不上税的家酿烧酒，还能在这社节中举行那尚保留下来的风俗，聚合了所有年轻男女来唱歌作乐，聚合了所有老年人在大节中讲述各样的光荣历史与渔农知识，男子还不会出去当兵，女子也尚无做娼妓的女子，老年人则更能尽老年人责任。未来的事谁知道呢？过去的不能挽回，未来的无从抵挡，也是自然的事！"醉了的，你们睡吧，还有那不曾醉倒的，你们把葫芦中的酒向肚中灌吧。"这个歌，近来唱时是变成凄凉的丧歌，失去当年的意思了。

照到这办法把自己灌醉的是太多了。只有一个地方的一群男子不会醉倒，他们面前没有酒也没有酒葫芦，只是一堆焚得通红的火。他们人一共是七个，七个之中有六个年纪轻轻地，只有一个约莫有四十五岁左右。大房子中焚了一堆柴根，七个人围着这一堆火坐下，火中时时爆着小小的声音。那年长的男子便用长铁箸拨动未焚的柴烬，它跌到火中心去。

房中无一盏灯，但熊熊的火光已照出这七个朴质的脸孔，且将各个人的身躯向各方画出不规则的暗影了。

那年长的汉子，拨了一阵火，忽然又把那铁箸捏紧向地面用力筑，愤愤的说道：

"一切是完了，这一个迎春节应当是最后一个了。一切是，……喝呀，醉呀，多少人还是这样想！他们愿意醉死，也不问明天的事。他们都不愿意见到穿号衣的人来此！他们都明白此后族中男子将堕落女子也将懒惰了！他们比我们是更能明白许多许多事的。新的制度来代替旧的习惯，到那时，他们地位以及财产全摇动了。……但是这些东西还是喝呀！喝呀！……"

全屋默然无声音，老人的话说完这屋中又只有火星爆裂的微声了。

静寂中，听得出邻居划拳的嚷声与唱歌声音，许许多人是在一杯两杯情形中伏到桌上打鼾了。许许多人是喝得头脑发晕伏在儿子肩上回家了。许许多人是在醉中痛哭狂歌了。这些人，在平时，却完完全全是有业知分的正派人，一年之中的今日，历来为神核准的放纵，仅有的荒唐，把这些人变成另外一个种族了。

奇怪的是在任何地方情形如彼，而在此屋中的众人却如此。年长人此时不醉倒在地，年轻人此时不过相好的女人家唱歌吹笛，只沉闷的在一堆火旁，真是极不合理的一件事！

迎春节到了最后的一个，即或如所说，在他人，也是更非用沉醉狂欢来与这唯一残余的好习惯致别不可的。这里则七个人七颗心只在一堆火上，且随到火星爆裂，终于消失了。

诸人的沉默，在沉默中可以把这屋子为读者一述。屋为土窑屋，高大像衙门，宽敞如公所。屋顶高耸为泄烟窗，屋中火堆的烟即向上蹿去。屋之三面为大土砖封合，其一面则用生牛皮作帘，帘外是大坪。屋中除有四铺木床数件粗木家具及一大木柜外，壁上全是军器与兽皮。一新剥虎皮挂在壁当中，虎头已达屋顶尾则拖到地上。尚有野鸡与兔，一大堆，悬在从屋顶垂下的大藤钩上。从一切的陈设上看来，则这人家是猎户无疑了。

这土屋主人，即火堆旁年长的一位。他以打猎为业，那壁上的虎皮就是上月他一个人用猎枪打毙的。其余六人则全是这人的徒弟。徒弟从各族有身份的家庭中走来，学习设阱以及一切拳棍医药，这有学问的人则略无厌倦的在作师傅时光中消磨了自己壮年。他每天引这些年轻人上山，在家中时则把年轻人聚在一处来说一切有益的知识。他凡事以身作则，忍耐劳苦，使年轻人也各能将性情训练得极其有用。他不禁止年轻人喝酒唱歌，但他在责任上教给了年轻人一切向上的努力，酒与妇人是在节制中始能接近的。至于徒弟六人呢？勇敢诚实，原有的天赋，经过师傅德行的琢磨，智慧的陶冶，一个完人应具的一切，在任何一个徒弟中全不缺少。他们把这年长人当做父亲，把同伴当做兄弟，遵守一切的约束，和睦无所猜忌，在欢喜中过着日子。他们上山打猎，下山与人作公平的交易。他们把山上的鸟兽打来换一切所需的东西：枪弹，火药，箭头，药酒，无

一不是用所获得的鸟兽换来。他们运气好时，还可以换取从远方运来的戒子绒帽之类。他们做工吃饭，在世界上自由的生活，全无一切苦楚。他们用枪弹把鸟兽猎来，复用歌声把女人引到山中。

这属于另一世界的人，也因为听到邻近有设了官设了局的事情，想起不久这样情形将影响到北溪，所以几个年轻人，本应在迎春节各穿新衣，把所有野鸡、毛兔、山菇、果狸等等礼物送到各人相熟的女人家中去的，也不去了。这师傅本应到庙坛去与年长族人喝酒到烂醉如泥，也不去了。

六个年轻人服从了师傅的命令，到晚不出大门，围在火前听师傅谈天。师傅把话说到地方的变更，就所知道的其余地方因有了法律以后的情形说了不少，师傅心中的愤慨，不久即转为几个年轻人的愤慨了。年轻人各无所言，但各人皆在此时对法律有一种漠然反感。

到此年长的人又说话了，他说：

"我们这里要一个官同一队兵有什么用处？我们要他们保护什么？老虎来时，蝗虫来时，官是管不了的。地方起了火，或涨了水，官也是不能负责的。我们在此没有赖债的人，有官的地方却有赖债的事情发生。我们在此不知道欺骗可以生活，有官地方每一个人可全靠学会骗人方法生活了。我们在此年轻男女全得做工，有官地方可完全不同了。我们在此没有乞丐盗贼，有官地方是全然相反，他们就用保护平民把捐税加在我们头上了。"

官是没有用处的一种东西，这意见是大家一致了。

结果他们约定下来，若果是北溪也有人来设官时，一致否认这种荒唐的改革。他们愿意自己自由平等的生活下来，宁可使主宰的为无识无知的神，也不要官。因为神永远是公正的，官则总不大可靠。而且，他们意思是，在地方有官以后，一切事情便麻烦起来了。他们觉得生活并不是为许多麻烦事而生活的，所以只有那欢喜麻烦的种族，才应当有政府的设立必要，至于北溪的人民，却普遍怕麻烦，用不着这东西！

为了终须要来的厄运，大势力的侵入，几个年轻人不自量力，把反抗的责任放到肩上了。他们一同当天发誓，必将最后一滴的血流到这反抗上。他们谈论妥帖，已经半夜，各自就睡了。

若果有人能在北溪各处调查，便可以明白这一个迎春节所消耗的酒量真特别多，超过过去任何一个迎春节，这里的人原是这样肆无忌惮的行乐了一日。不久过年了。

不久春来了。

当春天，还只是二月，山坡全发了绿，树木苗了芽，鸟雀孵了卵，新雨一过随即是温暖的太阳，晴明了多日，山阿田中全是一旁做事一旁唱歌的人。这样时节从边县里派有人来调查设官的事了。来人是两个，会过了地方当事人，由当事人领导往各处察看。带了小孩子在太阳下取暖的主妇皆聚在一处谈论这事。来人问了无数情形，量丈了社坛的地，录下了井灶，看了两天就走了。

第二次来人是五个，情形稍稍不同：上一次是探视，这一次可正式来布置了。对于妇女特别注意，各家各户去调查女人，人人惊吓不知应如何应付，事情为猎人徒弟之一知道了，就告了师傅。师傅把六个年轻人聚在一处，商量第一步反对方法。

年长人说，"事情是在我们意料中出现了，我们全村毁灭的日子到了，这责任是我们的责任，应当怎么办，年轻人可各提出一个意见来作讨论，我们是决不承认要官管理的。"

第一个说，"我们赶走了他完事。"

第二个说，"我们把这些来的人赶跑。"

第三四五六意见全是这样。既然来了，不要，仿佛是只有赶走一法了。赶不走，倘必须要力，或者血，他们是将不吝惜这些，来为此事牺牲的。单纯的意识，是不拘问什么人，都是不需要官的，既然全不要这东西，这东西还强来，这无理是应当在对方了。

在这些年轻简单的头脑中，官的势力这时不过比虎豹之类稍凶一点，只要齐心仍然是可以赶跑的。别的人，则不可知，至于这七人，固无用再有怀疑，心是一致了。

然而设官的事仍然进行着。一切的调查与布置，全不因有这七人而中止。七个人明示反抗，故意阻碍调查人进行，不许

乡中人引路，不许一切人与调查人来往，又分布各处，假扮引导人将调查人诱往深山，结果还是不行。

一切反抗归于无效，在三月底税局与衙门全布置妥了。这七个人一切计划无效，一同搬到山洞中去了。照例住山洞的可以作为野人论，不纳粮税，不派公债，不为地保管辖，他们这样做了。

地方官忙于征税与别的吃喝事上去了，所以这几个野人的行为，也不会引起这些国家官吏注意。虽也有人知道他们是尚不归化的，但王法是照例不及寺庙与山洞，何况就是住山洞也不故意否认王法，当然尽他们去了。

他们几个人自从搬到山洞以后，生活仍然是打猎。猎得的一切，也不拿到市上去卖，只有那些凡是想要野味的人，就拿了油盐布匹衣服烟草来换。他们很公道的同一切人在洞前做着交易，还用自酿的烧酒款待来此的人。他们把多余的兽皮赠给全乡村顶勇敢美丽的男子，又为全乡村顶美的女子猎取白兔，剥皮给这些女子制手袖笼。

凡是年轻的情人，都可以来此地借宿，因为另外还有几个小山洞，经过一番收拾，就是这野人特为年轻情人预备的。洞中并且不单是有干稻草同皮褥，还有新鲜凉水与玫瑰花香的煨芋。到这些洞里过夜的男女，全无人来惊吵的乐了一阵，就抱得很紧舒舒服服睡到天明。因为有别的缘故，向主人关照不及时，就道谢也不说一声就走去，也是很平常的事。

他们自己呢，不消说也不是很清闲寂寞，因为住到这山洞的意思，并不是为修行而来的。他们日里或坐在洞中磨刀练习武艺，或在洞旁种菜浇水，或者又出到山坡头湾里坳里去唱歌。他们本分之一，就是用一些精彩嘹亮的歌声，把女人的心揪住，把那些只知唱歌取乐为生活的年轻女人引到洞中来，兴趣好则不妨过夜，不然就在太阳下当天做一点快乐爽心的事，到后就陪到女人转去，送女人下山。他们虽然方便却知道节制，伤食害病是不会有的。

在这些年轻人身上所穿的衣裤，以及麂皮抱兜，就是这些多情的女人手上针线为做成。他们送女人则不外乎山花山果，与小山狸皮。他们几个人出猎以前，还可以共同预约，得山羊便赠谁个最近相交的一个女人，得野狗又算谁的女人所有。他们的口除了亲嘴就是唱赞美情欲与自然的歌，不像其余的中国人还要拿来说谎的。他们各人尽力做所应做的工，不明白世界上另外那些人懒惰就是享福的理由。他们把每一天看成一个新生的天，所以在每一天中他们除了坐在洞中不出，其余的人是都得在身体与情绪上调节的极好，预备来接受这一天他们所不知道的幸福与灾难的。他们不迷信命运，却能够在失败事情上不固执。譬如一天中间或无法与一小山鸡相遇，他们到时也仍然回洞，不去死守的。又譬如唱歌也有失败时，他们中不拘是谁，知道了这事情无望，却从不想到用武力与财产强迫女子倾心过。

因为一切的平均，一切的公道，他们嫉妒心也很薄弱，差不多看不出了。

那师傅，则教给这几个年轻人以武艺与渔猎知识外，还教给这些年轻人对于征服妇人的法宝，为了要使情人倾心，且感到接近以后的满意，他告他们在什么情景下唱什么歌，以及调节嗓子的技术。他又告他们如何训练他的情人，方能使女人快乐。他又告他们如何保养自己，才能成为一个忠于爱情的男子。他像教诗的夫子指点他们唱歌，像教体操战术的教官指点他们对付女人，到后还像讲圣谕那么告诫他们不可用不正当方法骗女人的爱情与他人的信任。

师傅各事以身作则，所以每晨起身就独早。打老虎他必当先。擒蛇时他选那大的。泅水他第一个泅过河。爬树他占那极难上的。就是于女人，他也并不因年纪稍长而失去勇敢与热诚！凡是一个女子命令到几个年轻人办得下的，与他好的女子要他去做，也总不故意规避的。

人类的首领，像这样真才是值得敬仰的首领！

日子是一天一天过下来了，他们并不觉得是野人就有什么不好处。至于显而易见的好处，则是他们从不要花一个钱到那些安坐享福的人身上去。他们也不撩他，不惹他，仍然尊敬这种成天坐在大瓦屋堂上审案、罚钱、打屁股的上等人。

国家的尊严他们是明白的，但他们在生活上用不着向谁骄

傲，用不着审判，用不着要别人坐牢挨打，所以他们不需要有官管理，自己能照料活一世下来了。

他们是快快乐乐活下来了，至于北溪其余的人呢？

北溪改了司，一切地方是皇上的土地，一切人民是皇上的子民了，的确很快的便与以前不同了。迎春节醉酒的事真为官方禁止了，别的集社也禁止了。平时信仰天的，如今却勒令一律信仰大王，因为天的报应不可靠，大王却带了无数做官当兵的人，坐在极高大极阔气的皇城里，要谁的心子下酒只轻轻哼一声，就可以把谁立刻破了肚子挖心，所以不信仰大王也不行了。

还有不同的，是这里渐渐同别地方一个样子，不久就有种不必做工也可以吃饭的人了。又有靠说谎话骗人的大绅士了。又有靠狡诈杀人得名得利的伟人了。又有人口的买卖行市，与大规模官立鸦片烟馆了。地方的确兴隆得极快，第二年就几乎完全不像第一年的北溪了。

第二年迎春节一转眼又到了，荒唐的沉湎野宴，是不许举行的，凡不服从国家法令的则有严罚，决无宽纵。到迎春节那日，凡是对那旧俗怀恋，觉得有设法荒唐一次必要的，人人皆想起了山洞中的野人。归籍了的子民有遵守法令的义务，但若果是到那山洞去，就不至于再有拘束了。于是无数的人全跑到山洞聚会去了，人数将近两百，到了那里以后，做主人的见到来了这样多人，就把所猎得的果狸、山猪、白绵、野鸡等等，熏烧炖炒办成了六盆佳肴，要年轻人到另一地窖去抬出四五缸陈烧酒，把人分成数堆，各人就用木碗同瓜瓢舀酒喝，用手抓菜吃。客气的就合当挨饿，勇敢的就成为英雄。

众人一旁喝酒一旁唱歌，喝醉了酒的就用木碗覆到头上，说是做皇帝的也不过是一顶帽子搁到头上，帽子是用金打就的罢了，于是赞成这醉话的其余醉人，头上全是木碗瓜瓢以至于一块猪牙帮骨了，手中则拿得是山羊腿骨与野鸡脚及其他，作为做官做皇帝的器具，忘形笑闹跳掷，全不知道明天将有些什么事情发生。

第二天无事。

第三天，北溪的人还在梦中，有七十个持枪带刀的军人，由一个统兵官用指挥刀调度，把野人洞一围。用十个军人伏侍一个野人，于是将七个尸身留在洞中，七颗头颅就被带回北溪，挂到税关门前大树上了。出告示是图谋倾覆政府，有造反心，所以杀了。凡到吃酒的，自首则酌量罚款，自首不速察出者，抄家，本人充军，儿女发官媒卖作奴隶。

这故事北溪人不久就忘了，因为地方进步了。

一九二九年三月作于上海

简析

沈从文以乡村为题材的小说可以说是湘西社会的发展史，记录了湘西每一发展阶段的进步与沉沦。《七个野人与最后一个迎春节》清晰地展示了"改土归流"事变在苗区发生时的图景。为了反抗建立官制，七个野人在阻挠没有效果后，以住进山洞来表示顽强的抵抗，在自己的小小国度里，维护着民族的习俗、朴素的道德，但这仅有的一片小天地仍然难逃政府的杀戮。这一政治变动，虽给苗区的人民带来了一定的进步，但更多的是野蛮与血腥的屠杀，伴随的是苗族风俗习惯的被扼杀，朴素民风的逐渐消失，人与人的关系的进一步恶化。作者在行文叙事中，渗透的是对历史进与退的无奈和悲哀，对都市虚伪生活的否定和批判。

图书在版编目（CIP）数据

沈从文小说/沈从文著；李晓明主编.--长春：
吉林文史出版社,2006.06（2023.9重印）
（名家精品阅读）
ISBN 978-7-80702-415-6

Ⅰ.①沈… Ⅱ.①沈…②李… Ⅲ.①中篇小说－作品集－中国－现代
②短篇小说－作品集－中国－现代 Ⅳ.①I246.7

中国版本图书馆CIP数据核字（2006）第044958号

名家精品阅读

沈从文小说

SHENCONGWEN XIAOSHUO

作者/沈从文　主编/李晓明
选题策划/周海英　责任编辑/陈春燕
责任校对/李洁华　封面设计/新华智品
出版发行/吉林出版集团　吉林文史出版社
地址/长春市人民大街4646号　邮编/130021
电话/0431—86037507
网址/www.jlws.com.cn
印刷/北京一鑫印务有限责任公司
版次/2006年6月第1版　2023年9月第6次印刷
开本/720mm×1000mm　1/16
印张/10　字数/200千字
书号/ISBN 978-7-80702-415-6
定价/45.00元